Juhr: Die Kraftprobe

Jutta Juhr

Die Kraftprobe

CIP-Kurztitelaufnahme der Deutschen Bibliothek
Juhr, Jutta
Die Kraftprobe. — 1. Aufl. — Balve/Sauerland :
Engelbert, 1978.
ISBN 3-536-00448-2

ISBN 3 536 00448 2
1. Auflage 1978
Umschlaggestaltung: Margot Schaum
© 1978 beim Engelbert-Verlag, Gebr. Zimmermann GmbH,
5983 Balve/Sauerland, Widukindkplatz 2
Nachdruck verboten — Printed in Germany
Satz, Druck und Einband:
Grafischer Betrieb Gebr. Zimmermann GmbH, Balve

BESUCH IN KÖLN

Bei Jochen und Dagmar 11
Ein Vorschlag zur Güte 21
Großmama 34

DIE KINDER AUS DER RASTATTER STRASSE

Das Baumhaus 42
Die aus dem Wolfbusch 55
Im Lindenthal 63
Picknick mit Hindernissen 81

DIE ROCKER

Überraschung im Wald 95
Gasthof HARMONIE 110
Ein Fest zu Ehren 130
Abschied 150

BESUCH IN KÖLN

Bei Jochen und Dagmar

Jochen tobte durchs Haus. Aus dem Kellergeschoß in den Hausflur und die schmale gewundene Treppe zu seinem Zimmer hinauf. Halb flog er, halb zog er sich am Geländer hoch, immer drei, in der Kurve vier Stufen auf einmal. Er erreichte den Türgriff, stieß die Tür auf und von innen mit einer solchen Wucht wieder zu, daß der leichte Neubau erzitterte und wieder ein Riß in der Tapete entstand. Zweimal drehte sich der Schlüssel im Schloß und wurde sorgfältig quergestellt, damit ihn niemand von außen durchschieben konnte.

Gleich darauf sprangen aus dem Transistorradio in voller Lautstärke Rockbeatkrächzheisertöne, nach denen Jochen einen Affentanz aufführte. Er wirbelte seinen hochgeschossenen Vorpubertätskörper mit den zu langen Gliedmaßen herum wie eine außer Rand und Band geratene Marionette und stieß dazu Krächzheiserkreischtöne aus, die sein motorisches Gehabe in die Sphären des völligen Übergeschnapptseins erhoben. Wenn es schon Hiebe gab wegen des Feuerchens in der Mülltonne und der Überschwemmung in der Waschküche bei den Löscharbeiten, dann wollte er sich jetzt noch etwas Gutes tun — das war dann ein Aufwasch. Apropos Aufwasch — er hätte das Wasser ja aufgewaschen, wenn Mamahilde nicht mit ihrem Händeüberdemkopfzusammenschlagen dazwischengekommen wäre. Jetzt hieß es warten, bis Vaterbernd nach Hause kam — vielleicht hatte sich der Sturm bis dahin etwas gelegt.

Jochen stoppte seine rhythmischen Bewegungen vor der Tür, lugte durch den Spalt und rief dann leise die Treppe hinunter:

„He, Dagmar!"

Die jüngere Schwester spielte seelenruhig im Hausflur Ball. Sie hatte anscheinend nichts gesehen und gehört. Hören konnte sie Jochen jetzt natürlich auch nicht, denn sein Radio war noch immer zu laut. Außerdem klingelte im Wohnzimmer das Telefon. Dagmar hüpfte mit dem Ball hin und her. Die offenen Haare wehten, die braunen Augen folgten flink dem Ball, und die vollen Lippen bewegten sich rasch, denn Dagmar zählte, wie oft es ihr gelang, den Ball bis an die Decke springen zu lassen. Als das Telefon zum vierten Male läutete, rief sie:

„Mama is nich da!"

Aus der Küche roch es verdächtig. Dagmar schnupperte empfindlich, hielt sich die Nase zu und rief, ohne ihr Spiel zu unterbrechen: „Mama, die Milch kocht über..."

An der Küchentür kratzte Dackel Nurmi, der wohl kurz vor dem Ersticken war und sein Leben in Sicherheit bringen wollte. Die Kellertür ging auf. Mamahilde erschien, die Schuhe in der Hand, sich das verwirrte Haar aus der Stirn streichend, auf dem Treppenabsatz. Entweder vom anhaltenden Zorn über Jochens Untaten oder von der Mühe, deren Folgen zu beseitigen, hatte ihr Gesicht die Farbe einer aufblühenden Rose — wenn ihre Stimmung auch eher düster als rosig war. Auf dem Weg in die Küche sagte sie mechanisch:

„Laß das Ballspielen sein, geh raus, wenn du Ball spielen willst..."

„Aber es regnet doch."

Und Dagmar spielte mit vermindertem Tempo weiter. Nachdem die Küchentür geschlossen war, hob sie es erneut an. Die Tür wurde wieder aufgerissen, worauf sich der Geruch angebrannter Milch verstärkt im Haus verbreitete:

„Konntest du nicht die Milch vom Feuer nehmen... Himmel, wozu seid ihr eigentlich nütze... laß das Ballspielen jetzt!"

Mamahildes Stimme hatte eine Höhe erreicht, die es Dagmar angeraten sein ließ, mit dem Ball den Rückzug in ihr Zimmer anzutreten. Jochen hatte das Radio leiser gestellt, und als Dagmar bei ihm vorübergehen wollte, öffnete er schnell die Tür:

„Komm rein..."

„Ich sag's Mama..."

„Da ist nicht mehr viel zu sagen — ich kriege sowieso Wichse."

„Weiß ich, schad' dir auch nix."

Dagmar sah ihn trotzig an und wollte weg. Jochen kniff sie in den Arm. Dagmar schrie, und im Handumdrehen waren sie ein Gemenge aus Armen und Beinen, Kopf oben, Kopf unten.

„Mensch, Mama kommt!" rief Dagmar. Jochen ließ los, und Dagmar lachte:

„Ätsch..."

Und damit flitzte sie in ihr Zimmer, schlug die Tür zu und drehte den Schlüssel um.

Mamahilde kam nicht. Eine Sache, die Jochen äußerst verdächtig war. Für gewöhnlich ließ das Strafgericht gar nicht auf sich warten. Jochen war zutiefst beunruhigt.

Mamahilde hingegen klapperte verzweifelt mit dem angebrannten Milchtopf herum. Nicht mal das Fenster konnte man aufmachen, um den penetranten Geruch loszuwerden. Der Regen klatschte gegen das freistehende Haus. Die noch unbetonierten Wege waren ein einziger Schlamm, in dem die notdürftig ausgelegten Bretter schwammen. Mamahilde war zum Heulen. Und das lag wahrhaftig nicht nur am Wetter. Es war ja schon seit Monaten keine Ruhe und Ordnung in dieses Haus zu bringen. Erst waren es die Bauarbeiter, dann die Handwerker, dazu die Behörden und die neue Schule, der weite Einkaufsweg und die unfreundlichen Nachbarn, die einem nicht ein bißchen Schutz und Hilfe boten. Keiner zeigte Verständnis dafür, daß sie, Mamahilde, alles ausbaden mußte. Es war nur selbstverständlich, daß alles gemacht wurde. Was Wunder, wenn ihr dann gelegentlich der Kragen platzte, wie man so sagt. Aber diesmal war es anders: Statt zu schimpfen und nicht zu knapp die Rechte sprechen zu lassen, hätte sie sich am liebsten hingesetzt und losgeheult. Aber leider war Abendbrotzeit.

Der Schlüssel drehte sich im Haustürschloß — Vaterbernd kam nach Hause:

„Himmel, wonach stinkt das denn hier so... he, wo seid ihr, ich habe Besuch mitgebracht... warum lüftet hier denn keiner?"

Vaterbernd schob einen Jungen und ein Mädchen in den Flur, stolperte wie jeden Abend über Nurmis Futterschüssel, die auf rätselhafte Weise immer wieder dahin kam, obwohl sie in die Küche gehörte. Die Kinder waren tropfnaß; es bildeten sich kleine Pfützen, wo sie standen. Harald war ein Jahr jünger als Jochen. Steffi genauso alt wie Dagmar. Sie hatte dunkles, glattes Haar und ein feines, schmales Gesichtchen, während Harald die typischen mittelblonden gewellten Haare der väterlichen Linie vorweisen konnte, die kräftige Nase und die graugrünen Augen. Sie standen etwas hilflos in ihrem nassen Zeug da, man merkte, daß ihnen das Haus fremd war. Onkelbernd hatte ja erst kürzlich gebaut, und da Harald und Steffi in Süddeutschland wohnten, konnte man keine häufigen Besuche machen.

Mamahilde kam aus der Küche. Nurmi flitzte ihr durch die Beine und hatte viel mit der Begrüßung zu tun. Es zog, der Regen schlug in den Hausflur.

„Macht doch erst mal die Tür zu, lieber Himmel", sagte Mamahilde. „Tag, Harald, Tag, Steffi. Hab' euch ja lange nicht mehr gesehen. Seid ihr bei der Großmama auf Besuch?"

Ihre Stimme klang wie die einer übermüdeten Verkäuferin, die wenig Freude an ihrer Kundschaft hat. Und in der Küche sagte sie dann auch zu Vaterbernd:

„Mußte das sein — mir reichen unsere gerade..."

„Was sollte ich denn machen... die zwei langweilen sich. Außerdem wollte ich vorher anrufen, aber es hat sich keiner bei euch gemeldet. He, Jochen und Dagmar", rief er in den Flur hinaus, „wo bleibt ihr denn..."

Es wurde lebhaft auf der Treppe.

„He, alter Kumpel, wie geht's? Prima, du hast mir gerade gefehlt..." rief Jochen, und Harald hatte keine Ahnung, wie ernst das gemeint war. Jochen schüttelte kräftig die Hände von Vetter und Base und schlängelte sich in ihrem Flankenschutz mit Rückendeckung von Dagmar an der Mutter vorbei ins Wohnzimmer. Sie rief hinter ihnen her:

„Erst mal die Schuhe ausziehen... Hier ist was Trokkenes." Damit zog sie Harald und Steffi in den Flur zurück. Und während sich die beiden umzogen, stand Mamahilde im Wohnzimmer und fixierte ihren Sohn. Der suchte hinter einem Sessel Schutz und brachte in seiner Haltung zum Ausdruck, daß er zum gewohnten Nachlaufespiel bereit war, in dem er viel Übung hatte. Aber wieder zu seiner Verwunderung wurde nichts daraus. Die Mutter machte keine Anstalten und sah ihn nur an. Das machte ihn nervös. Ohne den Blick von Jochen zu nehmen, sagte sie zu Vaterbernd:

„Jochen muß aus dem Haus. So geht es nicht mehr. Er kann sich nicht benehmen."

Vaterbernd blickte einen Moment sehr verdutzt, besann sich schnell und verfiel in seine übliche Poltermethode:

„Was ist denn jetzt schon wieder los? Kein Tag vergeht, wo ihr euch nicht in die Wolle kriegt!"

„Ja, ja", setzte Mamahilde seine Rede fließend fort, „du wirst doch noch mit einem dreizehnjährigen Jungen fertig werden... wolltest du das nicht sagen?"

Und blitzschnell war sie am Sessel und packte den überraschten Jungen am Arm und zog ihn hervor:

„Sieh ihn dir gut an, deinen Sohn: er wird uns noch das Haus über dem Kopf anzünden oder uns alle ertränken, so wie er das heute versucht hat."

Steffi und Harald waren wieder ins Zimmer gekommen und verfolgten die Szene, ohne recht zu wissen, was sie davon halten sollten. Steffi fragte vorsichtshalber:

„Mamahilde, kann ich die Schuhe hier stehenlassen?"

Nurmi war bereits mit einem ihrer Schuhe unterwegs und fing an, die Sohle auf Eßbarkeit zu untersuchen. Vaterbernd mußte lachen, fing sich aber und sagte streng:

„Wie du siehst, kannst du das nicht, meine liebe Steffi..."

Mamahilde ging in die Küche und sagte im Vorbeigehen: „Wirf sie halt in den Schuhschrank zu den anderen und nimm dir Pantoffeln, sonst kriegst du noch kalte Füße..."

„Hab' ich schon", brummte Harald und erschrak über seine Kühnheit. Steffi kämpfte mit den hervorquellenden Schuhen aller Größen und Zustände und bemühte sich, alles wieder hineinzustopfen und die Tür zu schließen. Vaterbernd wühlte in dem Haufen alter Zeitungen von einem Monat, fand die neueste Ausgabe, holte sich ein Glas aus dem Schrank und bemerkte mit Blick auf den gemütlichen Sessel und den Fernsehapparat:

„Du könntest wirklich etwas netter zu deiner Mutter sein. Und nun seht mal zu, daß ihr etwas spielt — nicht zu laut... ihr könnt ja in den Hobbyraum gehen."

Mamahilde stellte die Teekanne auf den Tisch und bestimmte: „Jetzt wird erst mal gegessen. Steffi, da im Schrank, leg noch zwei Gedecke auf, und dann setzt euch."

„Wohin soll ich mich setzen?" fragte Harald.

„Nimm die Tapetenreste dahinten von den Stühlen und bring sie her."

Jochen flüsterte Harald etwas zu, aber der schüttelte den Kopf. „Feigling", zischte Jochen. Und dann holte er die Tapetenreste an den Tisch und setzte sich darauf. Aber seine Mutter hatte diesmal gar kein Auge für ihn und dachte nur bei sich: bleib du ruhig da sitzen, wenn dir das bequem ist. Darauf packte Jochen brummend die Rollen und brachte sie in den Hausflur.

Beim Essen ging es ziemlich ruhig zu. Nur Jochen und Harald stießen sich unter dem Tisch ständig mit den Knien an, und Dagmar kitzelte Steffis Oberschenkel mit der Gabel. Da gab es dann dauernd was zu kichern. Einmal kippte allerdings eine Tasse um, weil Dagmars Gekitzel Steffi nervös machte. Sie guckte erschrocken Mamahilde an. Die sagte:

„Draußen auf der Treppe steht ein Eimer mit Tüchern."

Steffi ging und trocknete den Tisch, während Dagmar ihre unschuldigen Augen auf das Tischtuch geheftet hielt.

„Dürfen wir aufstehen?" fragte Jochen nach dem Essen mit sanfter Stimme.

„Das fragst du doch sonst auch nicht..." meinte Vaterbernd.

„Also dürfen wir nun?"

„Verschwindet schon..."

Damit standen die vier gleichzeitig so eifrig auf, daß man nicht mehr feststellen konnte, wer denn nun die Tischplatte angehoben hatte, so daß Vaterbernd die Suppe auf die Hose schwappte. Er sprang wütend auf, rieb sich die Hose mit der Serviette ab und knirschte zwischen den Zähnen hervor:

„Am siebenten Tag wurden die Kinder erfunden..."

Mamahilde saß stumm am Tisch und klopfte mit den Fingern auf die Tischdecke. Eine unangenehme Stille trat ein. Schließlich sagte Mamahilde:

„So geht's nicht weiter, ich werde verrückt..."

„Was soll ich denn machen", ereiferte sich Vaterbernd,

„du bist die Mutter, und du bist den ganzen Tag mit ihnen zusammen..."

„Das ist es ja gerade, das macht mich ja verrückt, ich will es aber nicht mehr so weitermachen, er muß aus dem Haus."

„Ich glaube, du bist schon verrückt."

Vaterbernd steckte sich eine Zigarette an, reichte Mamahilde eine hinüber, goß sich ein Bier ein und sagte:

„Wenn ich abends nach Hause komme, habe ich Ruhe verdient."

„Das ist es: Du willst deine Ruhe und sonst nichts."

„Ich habe schließlich einen Beruf und ernähre euch damit."

„Ich wäre auch lieber in einem Büro und hätte jemanden, der die ganze Plackerei hier macht. Ich werde mir eine Arbeit suchen."

So, jetzt war es heraus. Mamahilde atmete erleichtert auf. Aber Vaterbernd schien wenig beeindruckt:

„Na schön, mach nur, mal sehen, was dann aus den Kindern wird."

„Okay — okay..." Mamahildes Stimme steigerte sich, sie stand auf, um sich mehr Nachdruck zu verleihen:

„Wenn ich weitermachen soll, dann muß Jochen raus. Zwei sind zuviel. Zwei Kinder sind mehr als eins und eins. Mit einem kann man fertig werden, mit zweien von dieser Sorte nicht!"

„Wir waren zu Hause sechs." Vaterbernd nahm sein Bierglas und ging zum Fernseher. „Jetzt höre ich Nachrichten."

Damit war das Thema für ihn erledigt. Mamahilde hatte öfter solche Anwandlungen. Sie würde sich schon wieder beruhigen. Morgen könnte er ihr vielleicht den 5. Band von „Angelique" kaufen, das würde sie besänftigen. Aber so einfach war die Sache diesmal nicht. Nachdem Mamahilde den verwüsteten Abendbrottisch abgeräumt und die viel zu kleine Küche in einen überschaubaren Zustand gebracht hatte, fing sie noch mal davon an.

„Wir könnten Jochen in ein Internat geben. Wenn ich mir eine Arbeit suche, verdiene ich soviel."

Vaterbernd war inzwischen in den Börsenbericht vertieft und ganz abwesend:

„Hat die Welt schon so was gesehen: der Dollar wird schon wieder abgewertet..."

Auch Mamahilde war vertieft in ihr Thema und ließ nicht locker: „Ich werde wieder bei einer Versicherung arbeiten. Hier ist eine nicht weit weg. Auf dem Heimweg kann ich die Einkäufe machen. Wenn ich dich zur Arbeit bringe, kannst du mir den Wagen lassen."

Vaterbernd hörte offenbar noch immer nicht zu oder tat jedenfalls so: „Das ist doch eine... na also, der Zinssatz für Obligationen wird gesenkt..."

„Ich habe gesagt, daß du mir das Auto hierlassen wirst, damit ich nicht so viel Zeit verliere."

Vaterbernd hatte sehr gut zugehört, wie sich herausstellte, und bemerkte jetzt zusammenfassend:

„Du willst arbeiten. Das ist deine Sache. Das Auto kannst du dir dann ja auch verdienen. Oder frag deinen Vater, ob er dir eins kauft."

Mamahilde fuhr auf:

„Das sieht dir ähnlich, laß nur meinen Vater aus dem Spiel!"

Vaterbernd legte die Zeitung weg:

„Jetzt mal Spaß beiseite. Das mit dem Arbeiten kann man sich ja mal überlegen. Wenn du dann glücklicher bist und Ruhe im Hause ist, soll es mir recht sein. Die Kinder sind groß genug, die kommen auch allein zurecht. Wir könnten mal sehen, ob wir eine Putzfrau bekommen, die du dann von deinem Geld bezahlen könntest. Schließlich haben wir das Haus noch abzubezahlen. Ein bißchen Geld zusätzlich wäre gar nicht schlecht."

Mamahilde war über ihren plötzlichen Sieg ziemlich verwirrt und sagte unfreundlicher, als sie wollte:
„Die Putzfrau nehme ich mir sowieso."
Okay — okay, dachte Vaterbernd. Auf den 5. Band der „Angelique" könnte man jetzt erst mal verzichten.
Oben bei den Kindern sagte Mamahilde: „Geht jetzt ins Bett."
Sie wandte sich an Steffi und Harald: „Da sind zwei Decken und Kopfkissen. Die Liegen stehen hinter dem Schrank. Und macht keinen Krach mehr."
Auf dem Kleiderschrank jammerte Nurmi und traute sich nicht runter.
„Wie oft muß ich euch noch sagen, daß ihr das lassen sollt... und hängt nicht immer wieder eure Sachen über die Lampen. Morgen werdet ihr hier mal ordentlich aufräumen, das sieht ja aus hier..."
Aber dabei blieb es denn, und Mamahilde ging wieder nach unten. Im Bad gab es noch eine Planscherei, wobei keiner daran dachte, sich zu waschen. Harald machte jeden Quatsch mit, warf die Socken und Unterhosen über die Duschstange, versteckte die Zahnbürsten und zog das Kabel aus dem Rasierapparat. Es machte ihm Spaß hier. Zu Hause kam er gar nicht auf solchen Blödsinn. Steffi dachte ähnlich darüber, auch ihr machte es Spaß, in diesem Haus zu sein, wo es einen Haufen Unordnung gab, wo Mutter nicht alles mundgerecht vorbereitete wie Bettenmachen, Anziehsachen aussuchen, Lüften, Ohrentropfen, Taschentücher ans Bett und so.
„Morgen spielen wir Monopoly", riefen die Jungen aus ihrem Zimmer.
„Mach das Radio aus", rief Dagmar und hüllte sich in ein Bettlaken.
„Huhu, ein Gespenst!" jammerte Steffi.
„Hihi, der Nurmi leckt mir die Füße... laß, hör auf! Mach das Licht noch mal an..."

„Macht das Licht aus!" kam eine Stimme von unten.
„Himmel noch mal, jetzt aber Ruhe!"
Jochen mußte noch mal raus. Danach mußte Harald auch noch mal raus. Die Mädchen kicherten und mußten dann auch noch mal raus. Von unten tönte es noch einmal:
„Jetzt aber Ruhe, oder ich komme mit dem Teppichklopfer!"
Harald lachte: „Wer klopft heute noch mit dem Teppichklopfer! Wir haben einen Staubsauger."
Ob es nun die Drohung war, oder ob sie einfach müde waren — es wurde ruhig. Es knackte noch ein bißchen in den Wänden, ein neuer Sprung in der Tapete. Unten klapperte Mamahilde mit dem Futternapf und lockte Nurmi damit aus Jochens Bett die Treppe herunter. Er wurde noch mal vor die Tür gejagt, was ihm bei dem Regen gar nicht paßte. Auf dem Weg nach oben stolperte Vaterbernd dann prompt wieder über seinen Futternapf und sagte sarkastisch:
„Der Hund muß aus dem Haus, ich werde verrückt..."

Ein Vorschlag zur Güte

Am anderen Morgen regnete es nicht mehr. Statt auszuschlafen, wachten die Kinder früher auf als an Schultagen. Jeder schien es darauf abgesehen zu haben, die andern zuerst mittels eines nassen Schwammes oder einer drahtigen Bürste aus dem Bett zu treiben. Als Harald, der gern und fest schlief, kalte Tropfen in den warmen Schlafanzug rieselten, fuhr er hoch und schrie:
„Mann, das reißt einen ja förmlich aus Morpheus Armen!"
„Wer ist das denn?" staunte Dagmar.
„Ja, das möchteste wohl gern wissen..."

Die Mädchen machten ihre üblichen Witze, indem sie den Jungen die Sachen versteckten. Die Jungen machten auch ihre alten Späße, indem sie den Mädchen die Sachen versteckten, nur mit dem Unterschied, daß sie die besseren Verstecke fanden. So kam es, daß jeder nur teilweise bekleidet war, als Mamahilde zum Frühstück klingelte. Zuerst hörte keiner hin. Erst als Mamahilde die Treppe raufschrie: „Herrgottnochmal, Frühstüüück!"

In der Küche gab es einen Becher Milch und ein Brot.

„Geht auf die Terrasse raus, sonst krümelt ihr mir die ganze Wohnung voll."

Diesmal stolperte Steffi über Nurmis Freßnapf und riß dabei die Tapetenreste vom Schuhschrank.

„Bei Morpheus", sagte Jochen, „hier sollte wirklich mal aufgeräumt werden, nicht, Mami?"

Nach dem Stehfrühstück war die Terrasse vollgekrümelt, vermischt mit den Häpperle, die Nurmi verschmäht hatte, weil nichts drauf war.

„Wir gehen jetzt auf die Baustelle", bestimmte Jochen.

„Dazu hab' ich gar keine Lust", sagte Steffi.

„Ist doch egal..." fand Dagmar und sprang über die niedrige Mauer.

„Ich hab' nur meine guten Schuhe bei mir..." Steffi hatte wirklich keine Lust.

„Mann, die Mädchen", fauchte Jochen, „dann ziehst du eben von mir was an."

„Die alten Dinger, die sind mir viel zu groß, und überhaupt: Baustellen kann ich nicht leiden, da ist es nur schmutzig."

„Quatsch, da ist ein Geheimnis." Jochen tat ganz geheimnisvoll. Harald und Jochen waren schon hinter Dagmar her. Und weil sie das Geheimnis nun auch sehen wollte, ging Steffi doch mit in ihren guten Schuhen. Erst einmal war die Baustelle natürlich nichts weiter als ein riesiges Modderfeld mit Brettern und Haufen von nassem Sand und Steinen. Außerdem waren da ein paar Arbeiter, die man listig umgehen mußte, denn bekanntlich ist es Unbefugten streng verboten, Baustellen zu betreten.

„Ich mach' mir immer fast in die Hosen vor Angst", gestand Dagmar.

Steffi verzog die Lippen voller Abneigung. Die Jungen waren schon auf dem Vormarsch und duckten sich hinter einen Bagger, dann Sprung-auf-marsch-marsch und rein in die Grube. Sie verschwanden kurz und pfiffen dann durch eine Fensteröffnung. Die Mädchen schauten sich ängstlich um und liefen los. Steffi sprang über eine Pfütze mitten in eine andere, blieb erschrocken stehen und besah sich die Schererei:

„Da haben wir den Schlamassel", schimpfte sie, jede Vorsicht vergessend. Dagmar war längst im Untergeschoß des Hauses verschwunden. Während Steffi noch an ihrer nassen Hose herumwischte, kam ein Bauarbeiter über das Gelände:

„Panz, wat machst du da? Mach, dat de zu Mutti kommst, hier haste nix verloren."

Geistesgegenwärtig sagte Steffi:

„Ja, ja, mir ist nur mein Hund hier reingelaufen. Nurmi, Nurmi, wo bist du?"

Die Kinder im Haus lachten unterdrückt und hatten alle Mühe, Nurmi festzuhalten, denn er war gewöhnt, auf seinen Namen zu hören, wenn er wollte, und jetzt wollte er gerade, weil er nicht durfte. Der Mann entfernte sich und sah nicht weiter hin. Steffi huschte in Richtung Bau und schlüpfte zu den andern hinein.

„Mädchen machen doch immer Ärger", rügte Jochen. Steffi sah ihn mit zusammengekniffenen Augen an:

„Zeig das Geheimnis — hast wohl gar keines..." Sie hätte am liebsten geweint, weil sie ganz nasse Hosen hatte und ihre Schuhe ziemlich verdorben aussahen.

„Klar habe ich eines."

Damit steuerte er in den nächsten Kellerraum, wo es aus allen Fugen tropfte. Steffi gefiel es hier gar nicht, am liebsten hätte sie auf das Geheimnis verzichtet. Auch Harald hatte hier ein komisches Gefühl in dem feuchten, düsteren Gemäuer. In der Kaminecke bückte sich Jochen und zog eine Kiste hervor. Er knipste die Taschenlampe an, trat einen Schritt zurück und rief:

„Achtung, gleich springt sie heraus..."

Damit fiel der Lichtschein auf ein graues Etwas, zwei Punkte leuchteten grün-golden auf mit einem merkwürdigen irisierenden Leuchten. Harald verzog angewidert das Gesicht. Dagmar machte ein langgezogenes „iiii", und Steffi schlug die Hände vors Gesicht und lief so schnell sie konnte ins Freie.

„Du bist widerlich, du bist widerwärtig, du bist abscheußbar widerlich, du bist gemein..." rief sie in einem fort und rannte zum Haus Mamahildes zurück. Der Bauarbeiter kam gerade zurück und sagte barsch:

„Hab' ich nich jesajt, du sollst zu deiner Mutti gehn? Verschwinde, sonst ruf' ich die Polizei!"

Solch eine Drohung war gar nicht nötig. Hierher würde Steffi nie wieder gehen. Und Jochen — Jochen möchte sie am liebsten kaputtmachen wie ein Blechspielzeug, drauftreten, bis es ganz platt war. Vor der Haustür hatte Dagmar sie gerade eingeholt:

„Warte doch, und sag meiner Mutter nichts, sonst kriegt Jochen Wichse!"

„Das ist dir doch sonst egal", fauchte Steffi.

„Stimmt nicht, und das ist auch ganz was anderes. War doch nur 'ne tote Katze."

„Seid ihr schon wieder da", fragte Mamahilde und musterte Steffi von oben bis unten, „wo waret ihr denn?"

„Ach, ich bin bloß hingefallen."

„Das sieht man. Komm rein und mach dich sauber. Steck Zeitungspapier in die Schuhe und stell sie unter die Heizung. Hier sind trockene Hosen auf der Garderobe. Die Großmama wird sich freuen, wenn sie die Sachen sieht. Na, bis zum Abend werden sie wieder trocken sein."

Steffi angelte sich von dem völlig überladenen Kleiderständer eine Hose herunter und fand Mamahilde sehr nett. In der Wärme und Trockenheit des Hauses fühlte sie sich wieder wohler. Sie zog sich um und hängte in Dankbarkeit für das angenehme Gefühl des Geborgenseins die Sachen alle ordentlich auf die Bügel, faltete die Schals und brachte Nurmis Napf in die Küche, damit er ihn später wieder in den Flur „essen" konnte. Dann spielten die Mädchen in ihrem Zimmer Quartett und lutschten dabei Bonbons, von denen ganze Händevoll in den Ecken rumlagen.

„Sind noch vom Karneval", erklärte Dagmar, „Jochen hatte drei Säcke voll."

Beim Mittagessen sah Steffi Jochen überhaupt nicht an. Der hatte seinen Spaß und fühlte sich sehr erfolgreich. Deshalb malte er auf einen Zettel lauter Katzen und schob sie Steffi zu.

„Kann ich nicht gut malen?" fragte er vergnügt. „Ich bin der Beste in der Klasse."

„Aber sicher nur im Malen", konterte Steffi finster.

„Wenn schon..." machte Jochen und schnipste Papierkügelchen auf Nurmis Nase. Den letzten Bissen noch im Mund, sprang er auf: „Los, jetzt spielen wir Monopoly!"

„Erst räumt ihr den Tisch mit ab und eure Zimmer auf", widersprach Mamahilde. „Ich gehe heute nachmittag weg. Benehmt euch, daß die Nachbarschaft nicht zusammenläuft."

„Klasse", entfuhr es Jochen, „ich meine..."

Die Mutter sah ihn scharf an:

„Keine Sorge, ich weiß schon, was du meinst."

Das war bis auf weiteres alles von Mamahilde. Wenig später ging sie aus dem Haus, um sich bei einer Versicherung nach einem Arbeitsplatz zu erkundigen. Die Kinder warfen die Betten zusammen und sich dann hinein, strampelten mit den Beinen in der Luft und juchzten markerschütternd. Sie tobten von einem Zimmer ins andere wie junge Hunde, die lange an der Kette waren. Harald wurde es schließlich zuviel:

„Los, wir spielen jetzt Monopoly..."

„Ne, ich will noch'n bißchen toben", und Dagmar sprang noch einmal hophoch und hoprunter, daß es einen Krach gab und man meinte, die Wand sei geplatzt. Es war aber nur eine Strebe im Lattenrost gebrochen. Dagmar war trotzdem erschrocken und flickte sie notdürftig. Bis zum nächsten Bettenwechsel würde es ja keiner merken.

Das Monopoly wurde herausgeholt, und die Jungen fingen an, das Geld auszuteilen und die Verkaufsobjekte zu sortieren. Das dauerte eine Weile. Als alle versorgt waren, wurde gewürfelt und gekauft, verkauft, ins Gefängnis gegangen, ein Los gezogen, Häuser gebaut. Das Geld wanderte hin und her, Besitztümer wechselten, ganze Straßenzüge mußten aufgegeben werden. Glück ist launisch. Als Dagmar zum viertenmal im Gefängnis war, warf sie die Karten hin:

„Ich spiele nicht mehr mit. Das ist gemein."

„Mach keinen Quatsch, jeder ist mal draußen", ermunterte sie Harald, der das geliebte Spiel in die Binsen gehen sah.

„Wenn du verloren hättest, dich würd' ich gern mal sehen..." eiferte Dagmar.

„Aber er hat nicht verloren", mischte sich Jochen ein, „du bist doch wirklich nur ein blödes Mädchen, ausgerechnet ich muß so eine dämliche Schwester haben!"

Dagmar sprang auf, schlug Jochen die Karten aus der Hand und schrie:

„Du bist der blödeste Bruder, den je ein Mensch gehabt hat! Tote Katzen, ja das kannst du! Wirst sie wohl selber umgebracht haben, mit Gift oder mit einer Strippe, sag's doch schon, du Dreckskerl, du Niete, du Großmaul, du, du, du Morphus, du..."

Sie verhedderte sich, und es fiel ihr auch nichts mehr ein, womit sie ihren Bruder auszeichnen konnte. Dem mißfiel irgend etwas an ihren Ausführungen, was man daran erkannte, daß er langsam aufstand, auf Dagmar zuging, die schon die Arme schützend vor den Kopf hob und zurückwich. Dann schlug Jochen seiner Schwester kurz und hart auf die Arme, daß sie schrie und sie fallen ließ. Er drängte sie langsam in die Zimmerecke und sah sie mit zusammengekniffenen Augen an:

„Warte mal, du kleines Mistbiest, dir werd' ich die Knochen brechen, bevor du Piep sagen kannst, und dann werd' ich dich vergiften oder mit einer Strippe oder so, sollst nur sehen, was die Niete alles kann!"

Dagmar duckte sich in die Ecke und fing hinter verschränkten Armen an zu weinen. Ab und zu drehte sie ein Auge heraus, um die Lage zu peilen, und regulierte je nachdem die Lautstärke auf oder ab. Der Lärm im Zimmer war erheblich. Harald und Steffi hatten angefangen, ihr Geld und ihre Karten in die Luft zu werfen, was sie mit Glücksäußerungen begleiteten:

„Wir sind reich, wir haben 500.000, wir haben gewonnen, wir lassen's Geld regnen und Häuser und Bahnhöfe und das E-Werk, die Schloßstraße kommt herab, und hier, hier kommt das Gefängnis..."

Sie steigerten sich in ihrem Jubel und empfanden die herunterregnenden Scheine und Häuschen wie einen Frühlingsregen an einem warmen Maientag. Jochen wurde angesteckt und begann, das ganze Spielbrett abzuräumen, indem er es kurz in die Luft schnellte. Dann sprang er auf den Tisch, hielt sich an der Lampenschnur fest und schwang sich zum Bett hinüber wie Tarzan an der Liane. Das nahm die Lampenschnur übel. Sie gab nach, der Baldachin sauste herunter, der Haken kam aus der Decke, Jochen landete auf dem Boden und die Lampe mit ihm. Er sah sich verdutzt um. Steffi und Harald lachten, auch Dagmar kicherte unter ihren verschränkten Armen, behielt aber ihre Haltung bei, weil ein untrügliches Gefühl ihr sagte, daß das nützlich sein würde. Und tatsächlich — die Tür ging auf, und Mamahilde stand da. Dagmar weinte rasch weiter in ihrer Ecke, Steffi und Harald hörten auf zu lachen, Jochen krabbelte sich hoch und murmelte:

„So'n Mist, daß die auch runterkommen mußte..."

Manche Mütter und Väter verharren ja eine Weile, bevor sie losschimpfen, sozusagen eine Anlaufminute lang. Nicht so Mamahilde. Sie mußte schon auf der Treppe geschimpft haben, denn sie kam mit einem halben Satz ins Zimmer gebraust:

„... satt habe ich gesagt! saahhat! Du kommst raus, du mußt aus dem Haus! Ich werde verrückt, ich bin vielleicht schon verrückt! Wenn ihr nicht sofort aufräumt..."

Sie bemerkte, daß außer der Lampe auch das Monopoly sozusagen am Boden zerstört war:

„Das schöne Spiel — ihr verflixte Bande — und du" — sie wandte sich an Harald und Steffi —, „ihr beide, ihr sollt euch schämen, packt eure Sachen zusammen und geht zu eurer Großmama! Und du" — sie schob Dagmar, die geglaubt hatte, die Sache so zu überstehen, die Arme barsch vom Gesicht weg —, „tu nur nicht so!"

Dagmar schaute mit unschuldigen Augen und Schmollmund zu Mamahilde auf:

„Ich habe gar nichts gemacht."

„Steh auf", und Mamahilde klatschte ihr die Hand auf die Wange, damit sie nun endlich Grund zum Weinen habe.

„Immer hauen", sagte Jochen frech. Da hatte auch er eine weg, eine rechts, eine links.

„Ich krieg' zwei und die nur eine..."

„Die zweite war von vorhin!"

Mamahilde ging hastig aus dem Zimmer und rannte die Treppe hinunter, Nurmi, der an allem unschuldig war, kam ihr zwischen die Beine und bekam auch eine gewischt, daß er jaulend in seiner Ecke verschwand. In Jochens Zimmer herrschte betretene Stille. Jochen fummelte hilflos an der Lampe herum, die andern fingen an, die Sachen aufzusammeln.

„Müssen wir jetzt gleich zu Großmama fahren?" fragte Steffi leise ihren Bruder.

„Wär' schon besser", er zuckte die Achseln, ergänzte dann zögernd:

„War ja auch eine blöde Idee mit dem Spiel."

Steffi pflichtete ihm bei: „Eigentlich kann ich Mamahilde verstehen. Wenn einer zu uns käme und so was machte — da möchte ich Mami mal sehen."

„Komisch, zu Hause fällt mir so was gar nicht ein... aber da hab' ich ja auch die Bande..."

Steffi stieß ihren Bruder sacht in die Seite:

„Komm, wir fahren zu Großmama."

„Ja, haut nur ab", meldete sich Jochen und sammelte die Lampenteile auf dem Tisch. Vaterbernd würde sich nicht freuen. Der verstand sowieso nicht, einen Nagel in die Wand zu schlagen, geschweige denn, diese Lampe wieder in Ordnung zu bringen. Schöne Bescherung. Jetzt hatte er kein Licht im Zimmer, mußte wieder mit der Taschenlampe lesen.

Zu Steffis und Haralds Freude und zu Jochens Glück brachte Vaterbernd wenig später Onkelpaul mit, den Vater von Harald und Steffi.

„Na, was hast du wieder ausgefressen", begrüßte er Jochen und setzte hinzu: „Könntest die Nerven deiner Mutter wirklich etwas schonender behandeln."

Und dabei wußte er noch nichts von der Lampe.

„Komm mal mit."

Jochen zog seinen Onkel, den er gern mochte, mit die Treppe hinauf. Als er den Schaden sah, nickte er: Die Eltern hatten schon recht, wenn sie die Wut über ihren Sohn bekamen. Außenstehende mochten das mit der Lampe ja ganz komisch finden, aber bei näherem Zusehen mußte einem das Lachen vergehen.

„Jetzt bringst du mir die Leiter und den Werkzeugkasten. Und mit euch habe ich auch noch ein Hühnchen zu rupfen."

Harald und Steffi waren dem Vater nicht mehr von der Seite gewichen und schauten jetzt schuldbewußt auf ihre Fußspitzen, weil sie den strengen Blick aus der respektablen Höhe von einmeterzweiundneunzig scheuten.

„Wenn ihr hier seid, benehmt ihr euch wie... wie, ja wie die Mäuse bei Fitzkes unterm Sofa."

Harald murmelte: „Tut mir leid, ich weiß auch nicht, wie das kommt..."

Steffi konstatierte kühn: „Das muß an der Luft hier liegen..."

Das kam ihr schließlich selbst dumm vor, verlegen kroch sie unter den Schrank, wo die letzten Versprengten des Monopolys Zuflucht gesucht hatten.

„Weiß nicht! Luft liegen!" Onkelpaul klappte ärgerlich die Leiter auseinander:

„...was anderes fällt euch wohl nicht ein. Wie wär's denn, wenn ihr euch wenigstens bei Mamahilde entschuldigtet?"

Harald und Steffi sahen sich an.

„Geh'n wir?"

„Meinetwegen."

Jochen rührte den Gips an und war auch sonst sehr fügsam. Onkelpaul sortierte die Lampenteile und sagte:

„Ich glaube, es wäre ganz gut, wenn du mal eine Weile von zu Hause weggingest. Deine Mutter ist mit den Nerven runter. Sie braucht mal Ruhe, das mußt du verstehen... na ja, das verstehst du natürlich nicht. Also, gib mal den Schraubenzieher her, nein, den kleineren... ich werde mal mit deinem Vater sprechen."

„Muß ich dann in ein Internat?"

„Wer hat denn das gesagt?"

Jochen zuckte die Achseln:

„Na, die haben mal so was geredet..."

„Wenn ich dich so reden höre: die haben mal so was geredet... So spricht man nicht von seinen Eltern."

Onkelpaul gipste jetzt das Loch zu.

„Muß ich nun in ein Internat oder nicht?"

„Wir müssen jetzt warten, bis der Gips trocken ist, dann kann ich den Haken anbringen und die Lampe aufhängen. Das mach' ich morgen früh."

„Muß ich nun oder nicht?"

„Weiß ich nicht. Das entscheiden deine Eltern. So schnell schießen die Preußen nicht. Ich bin ja eben erst hereingekommen und habe was läuten gehört. Würdest du denn in ein Internat gehen wollen?"

„Weiß nicht, hab' ja man gerade nur so was davon läuten gehören..."

Onkelpaul lachte und ging hinunter ins Wohnzimmer.

„Kann man den Fernseher mal abdrehen, Bruderherz, wir haben was zu bereden."

„Was ist denn los?" fragte Vaterbernd.

„Es knackt im Gebälk, der Haussegen hängt schief, und du fragst, was los ist..."

„Keinen Abend hat man seine Ruhe. Ich habe noch nicht mal den Börsenbericht..."

Onkelpaul unterbrach ihn:

„Laß uns überlegen, was wir mit deinem Sohn machen. So geht es nicht weiter, da muß ich als Patenonkel einschreiten: Jochen hängt am Kronleuchter, Dagmar vergießt Krokodilstränen, und Mamahilde heult in der Küche."

„Am besten mischst du dich nicht ein, in diesem Haus macht jeder, was er will, und ich will jetzt ein kühles Bier trinken."

„Im Ernst, du und Mamahilde werdet schon zurechtkommen, aber Jochen, um den kann ich mich kümmern und euch damit sogar einen Gefallen tun."

„Laß lieber die Finger davon."

„Ich kann's ja mal probieren."

„Du ärgerst dir die Platze an den Hals."

„Mit deinen Kommentaren kommen wir keinen Schritt weiter."

„Was schlägst du also vor?"

„Ihr solltet Jochen mal eine Zeitlang aus dem Spannungsfeld nehmen."

„Und wohin mit dem lieben Kind?"

„Das Wort Internat ist schon mal gefallen. Aber so endgültig braucht man es wohl nicht zu machen."

„Dann hätte Mamahilde freie Bahn, sich ihrem Berufsehrgeiz an den Hals zu werfen und den Haushalt still verkommen zu lassen..."

„Kannst du nicht mal fünf Minuten konstruktiv mitdenken, statt dumme Bemerkungen zu machen..."

„Ich finde mich sehr witzig..."

Onkelpaul ging nicht mehr darauf ein und sagte entschlossen: „In ein paar Wochen beginnen die großen Ferien. Was hältst du davon, wenn Jochen zu uns kommt?"

Vaterbernd klopfte die Asche von der Zigarette, schaute seinen Bruder an und sagte zweifelnd:

„Du scheinst deine Frau nicht zu mögen. Ich bin ehrlich genug zu sagen, daß man den Jungen keiner Mutter zumuten kann."

„Ach was", widersprach Onkelpaul, „... das ist doch Blödsinn, nachher glaubt ihr noch selbst daran. Der Junge ist nicht schlimmer als hundert andere auch. Also, wenn ihr einverstanden seid, spreche ich mit Lizzi. Vielleicht nützt die Aussicht auf Ferien bei uns in den nächsten Wochen etwas."

„Dein Wort in Gottes Ohr. Kann ich jetzt den Fernseher wieder einschalten — ich möchte Nachrichten hören..."

Mamahilde war mit dem Abendbrottablett hereingekommen, sie sagte sofort:

„Siehst du, so ist das immer, wenn man sich mal unterhalten will, macht er den blöden Kasten an. Ich schmeiß' ihn noch aus dem Fenster!"

„Wen, mich oder den Fernseher?" fragte Vaterbernd scheinheilig und goß sich zur Abwechslung einen Schnaps ein:

„Willst du auch einen?"

„Wenn du meinst, daß das was nützt", lachte Mamahilde.

„Trinkt nur schön, das löst die Zunge", sagte Onkelpaul und schob auch ein Glas für sich heran. Da er zu den Hartnäckigen auf dieser Erde gehörte, fing er nach den Nachrichten sofort wieder beim Thema an:

„Du willst arbeiten gehen?"

Mamahilde wurde gleich ganz rot im Gesicht und erwiderte heftig:

„Hast du etwa etwas dagegen... das ist doch ganz und gar meine Sache und geht dich überhaupt nichts an."

„Ich fände es gar nicht schlecht. Wahrscheinlich würdest du psychologisch positiv beeinflußt", bemerkte Onkelpaul ruhig.

„Hör bloß mit psychologischen Sprüchen auf. Das kann ich gerade gut leiden, wenn einer daherkommt und alles versteht und einen behandelt wie einen Irren..."

„Lizzi war in der ersten Zeit, als sie aufgehört hatte zu arbeiten, auch sehr unglücklich."

„Ach, deine Frau, die Gute! Die guten Beispiele kommen mir zum Hals heraus."

„Eine Sprache ist das", sprach Vaterbernd kopfschüttelnd. Onkelpaul wurde es zuviel, er wollte das Thema abschließen und schlafen gehen.

„Bist du einverstanden, wenn Jochen in den Sommerferien zu uns kommt?"

„Mir ist das völlig wurscht, wo er hingeht, Hauptsache, er geht."

„Danke, das war eine saubere Auskunft. Gute Nacht. Wo kann ich mich aufs Ohr legen — oder ist es dir lieber, wenn ich die Kinder gleich nehme und verschwinde?"

Mamahilde war etwas verwirrt und ihrer verbitterten Haltung nicht ganz sicher, aber um keinen Preis hätte sie das zugegeben.

„Du kannst im Hobbyraum schlafen."

„Zu nett von dir, Schwägerin. Übrigens hänge ich morgen früh die Lampe wieder dran, gegipst ist schon."

„Danke." Mamahilde war ganz heiser, so schwer fiel ihr das.

Großmama

Gegen Mittag des nächsten Tages fuhren Harald und Steffi mit ihrem Vater zurück zu Großmama, die am andern Ende der Stadt wohnte.

„Wie schön das hier ist", sagte Steffi beim Eintreten. Sie liebte es sehr, all die hübschen und gepflegten Sachen von Großmama um sich zu haben, anzufassen und zu betrachten.

„Am besten ist der Farbfernseher", fand Harald.

Die kleine, rundliche Großmama mit den weißen, schick frisierten Haaren und den germanischblauen Augen, die nur so blitzen konnten, kam und sagte:

„Euch scheint es doch bei eurer Tante besser zu gefallen als bei mir. Ihr seid nur ein paar Tage hier und geht woandershin auf Besuch."

Die Kinder guckten betreten. Großmama sagte immer, was sie dachte, und hatte Ausdauer im „Eingeschnapptsein", wie Harald es nannte. Aber trotzdem hatte sie eine Ente im Backrohr und Klöße auf dem Tisch.

„Fehlt nur noch Rotkohl", sagte Harald, der sich behaglich am Tisch zurechtrückte und die Nachspeise probierte.

Am Nachmittag gab es einen von Großmamas herrlichen selbstgebackenen Kuchen, von denen nie zuwenig da war. Zwar schien Großmama die Sache noch nicht vergessen zu haben, und Mamalizzi zwinkerte den Kindern zu, sie mit der Kunst der Pantomime auffordernd, Großmama ein bißchen zu herzen. Sie würde sich noch ein Weilchen sträuben, schließlich aber sagen:

„Macht den Schrank mal auf und holt die große Dose heraus."

In der großen Dose war ein ganzer Laden voll von schönen süßen Sachen, deren Vorrat unerschöpflich schien und von denen jeder seine Portion bekam. Wenn dann noch der Fernseher bunt flimmerte, war vor allem Harald im siebenten Himmel der Gemütlichkeit. Nichts oder doch fast nichts ging ihm über ein trautes Zusammensitzen mit Fernsehen und Süßigkeiten. Er genoß diese Stunden genauso wie ein ordentliches Monopoly-Spiel oder die Beratung eines Planes mit der Bande daheim in Weilimdorf. Wie die meisten Kinder verlor er wenig oder keine Worte über das, was ihn froh machte — er genoß es nur. Großmama mißverstand das manchmal, denn sie liebte es immer, über die Dinge zu reden, egal, welcher Natur sie waren. Und deshalb sagte sie jetzt auch noch einmal: „Ich habe wochenlang vorher für euch gearbeitet. Alles vorzubereiten, ist in meinem Alter gar nicht so leicht. Das dürft ihr ruhig anerkennen und braucht nicht gleich wieder wegzugehen, wenn ihr einmal hier seid."

„Aber Mama", sagte Mamalizzi beschwichtigend, „... sie sind doch Kinder, die gern bei Kindern sind."

„Ja, du nimmst sie immer in Schutz ..."
Und dann sagte keiner mehr was, alle guckten ins Fernsehen. Beinah hätte Vaterpaul von Jochen angefangen, aber Mamalizzi hielt ihn vorausschauend davon ab. Großmama war nämlich der Meinung, daß Mamalizzi mit ihren eigenen Kindern genug zu tun hätte. „Die haben doch selbst Eltern", pflegte sie zu sagen.
Abschließend sagte sie noch zu allen:
„Wenn ihr hier seid, will ich euch bei mir haben."
Und nach einer kleinen Nachdruckspause forderte sie Vaterpaul auf, doch eine Flasche Wein aufzumachen. Mamalizzi sagte später zu Vaterpaul:
„Es ist wohl besser, wenn du morgen allein mit Jochen und Dagmar ins Museum gehst und hier nichts davon verlauten läßt."
Aber komischerweise machte Großmama am anderen Morgen eine Bemerkung, die diese Vorsichtsmaßnahme unnötig machte.
„Ihr könntet gut mal mit den Kindern ins neue Museum gehen, damit sie was von ihrer Geburtsstadt kennenlernen. Es ist sehenswert mit all den Sachen aus der Römerzeit."
„Gute Idee", sagte Mamalizzi und sah ihre Kinder nachdrücklich an. Harald wollte gerade sagen: ja, da gehen wir doch heute sowieso hin, ließ es aber sein, weil Steffi, die schneller begriffen hatte, ihn kurz gegen das Schienbein trat.
„Au", machte Harald, „warum trittst du mich?"
„Müßt ihr euch schon wieder streiten — also, nette Kinder machen das nicht", bemerkte Großmama, und Mamalizzi fügte mit komischem Ernst hinzu:
„Als Großmama so alt war wie ihr, da hat sie nie mit ihren Geschwistern gestritten, und sie waren fünf zu Hause! Sie hat nur mit den Jungs an der Stange geturnt und ist mit einem Gipsarm wie der Teufel Rollschuhe gelaufen, nicht wahr, Großmama?"

Lizzi mußte lachen und Großmama auch, aber sie fügte gleich mit erhobener Stimme hinzu:

„Das war etwas ganz anderes. Als ich so alt war wie ihr, hatte ich schon keinen Vater mehr, und wir waren sehr arm zu Hause."

Harald mischte sich ein und biß dabei in sein Lieblingsmarmeladenbrötchen:

„Hattet ihr auch nur einen VW?"

„Ihr habt eine Vorstellung! Bei uns gab's kein Auto, kein Telefon, keinen Kühlschrank!"

„Och", machte Harald, „... das hatten die Römer auch nicht und waren doch reich."

Großmama war verblüfft, schmunzelte aber ein bißchen: „Also, Lizzi, du könntest deinen Kindern mal abgewöhnen, so mit mir zu reden. Das hätten wir uns früher nicht erlaubt und du auch nicht."

„Schon gut", sagte Mamalizzi, „Harald, wenn du fertig bist, dann bring mal den Mülleimer raus, und du, Steffi, kannst Staub wischen."

Aber es war zu spät, jetzt war Steffi an der Reihe:

„Spielst du eigentlich mit der großen Puppe, die ich dir Weihnachten geschenkt habe?" fragte Großmama ihre Enkelin. Die sah ihre Mutter hilfesuchend an. Wenn sie Großmama sagte, daß sie lieber mit der Barbiepuppe spielte als mit der, die Mama sagen konnte, dann wäre sie sicher ärgerlich. Aber zum Glück klingelte der Postbote und lenkte Großmama ab. Sie studierte zwei Rechnungen und sagte:

„Die Telefonrechnung wird immer höher, dabei telefoniere ich überhaupt nicht... Und diese Arztrechnungen, das kann ja kein Mensch mehr bezahlen. Ruf den Arzt mal an und frag ihn, ob er sich nicht verrechnet hat."

Lizzi kam aus dem Wohnzimmer und hatte anscheinend nichts gehört. Sie küßte ihre Mutter auf die Wange und meinte:

„Mach dir nicht so viel Arbeit. Leg dich nachher etwas hin. Wenn wir draußen sind, hast du Ruhe."

„Ruhe habe ich genug, wenn ihr wieder weg seid. Also geht schon und kommt nicht erst um Mitternacht wieder, damit ich auch noch was von euch habe."

Als schließlich alles bereit war und sie in ihren VW stiegen, sagte Vaterpaul:

„Also weißt du..."

Lizzi sah ihn fragend und mit einem Lächeln an. „Ja?"

„... weißt du, deine Mutter ist ein Schatz."

„Ja, da hast du recht."

Und Harald und Steffi fingen hinten auf den Sitzen an zu hopsen und riefen: „Ja, da hast du recht, ja, da hast du recht..."

Am Museum trafen sie Onkelbernd und Jochen und Dagmar. Drinnen mußten sie sich gesittet benehmen, denn überall lauerten Wächter, die sie sofort zur Ordnung riefen, wenn sie auch nur mal eben den eingefaßten Mosaikboden betasteten oder die Vitrinen mit den Goldmünzen auf ihre Öffnungsmöglichkeit untersuchten. Jochen gelang es nur, auf ein Podest zu steigen und der dort aufgestellten Mutter seiner Vaterstadt, Agrippina, eine Matrosenmütze aufzusetzen, die er eigens zu diesem Zweck mitgebracht hatte — er war schon einmal mit der Schulklasse hier gewesen und kannte sich aus. Deshalb wartete er auch nicht lange darauf, den Kindern einen „Geheimgang" zu zeigen, der eigentlich gar keiner war. Nur fanden die Leute nicht so zahlreich hierher, weshalb meistens niemand da unten war. Es gab Grabsteine zu besichtigen mit Inschriften, Vitrinen und Grabbeigaben, die uralt waren.

„Das hat man alles aus der Erde ausgegraben", sagte Steffi ehrfürchtig. Ihr grauste ein bißchen vor dem alten „Gräberkram", wie Dagmar sich ausdrückte. Sie versteckte sich lieber hinter einer Säule und machte laut „huhuhu", als die anderen an ihr vorbeigingen.

„Mensch!" Jochen war ordentlich zusammengezuckt, „laß den Blödsinn!"

„Aber wenn duuu so was machst..."

„Das ist schließlich was anderes..."

„Laßt doch die Streiterei", flüsterte Harald hastig, „da kommt einer..."

Der Wächter näherte sich mit humorlosem Wächtergesicht:

„Was lärmt ihr hier so herum, habt ihr keinen Respekt vor den Toten?"

„Was", schrie Jochen, „Tote gibt's hier auch? Mensch, nix wie weg!" Und er rannte wie ein Wilder die schmale Treppe hinauf, wo er prompt mit Vaterbernd zusammenstieß. Um nicht rückwärts die Treppe runterzufallen, hielt er sich am Geländer fest und behinderte zwei ältere Damen, die sich zur Totenkammer hinabbewegten.

„Mein Gott, ist das ein Benehmen!" sagte die eine, und die andere: „Die Kinder sollte man zu Hause lassen..."

Jochen machte Platz und näselte leise:

„Benehmen hin, Benehmen her. Diese alten Tanten heutzutage — also zu meiner Zeit..."

Vaterbernd tat so, als ob er selbst von diesem ungehobelten Knaben nur angerempelt worden wäre und sonst nichts mit ihm zu tun hätte. Oben sagte Dagmar zu ihrem Vater:

„Wo gibt's hier eine Cola? Und außerdem muß ich mal."

Steffi und Harald hängten sich bei ihrem Vater ein und wollten auch was zu trinken.

„Und anschließend gehn wir auf die Toilette", flüsterte Jochen, „ich weiß, wie man diese Sparbüchsen aufmacht, wo die Groschen an der Klotür reinfallen..."

Aber daraus wurde nichts. Vaterbernd hielt Jochen von jetzt an am Ärmel fest, ging mit ihm zum Erfrischungsraum und drückte ihn da in einen Sessel:

„Daß du mir da nicht wieder aufstehst..."

Es gab eine Limonade und ein Brötchen. Vaterpaul kaufte einen Katalog und ein kleines Buch über das alte Köln, ein paar Ansichtskarten für Großmama und für Lizzi, die es vorgezogen hatte, ein paar Fenster in der Hohen Straße anzusehen, einen Druck des Dionysosmosaiks. Dann gingen sie zum Ausgang. Als ihm auffiel, daß Jochen fehlte, blieb Vaterbernd stehen:

„Der wird doch nicht schon wieder was anstellen?"

Er machte sich auf die Suche. Die Kinder liefen zum Springbrunnen auf dem Platz, und Onkelpaul ging zum Erfrischungsraum, wo Jochen noch seelenruhig in seinem Sessel saß.

„Warum bist du denn nicht mitgekommen?"

„Wieso denn?" Jochen guckte unschuldig, „Vater hat gesagt, ich soll hier nicht wieder aufstehen."

„Wie bitte?" Onkelpaul schaltete sonst schneller. Als der Groschen gefallen war, sagte er ärgerlich:

„Also los, komm jetzt, wir warten alle auf dich."

Jochen erhob sich und brummte:

„Wenn man mal was macht, was der Vater ausdrücklich will, ist es auch nicht richtig."

Das konnte ja heiter werden, dachte Onkelpaul und war ganz froh, daß sie Jochen nicht schon gleich mitnahmen, sondern sich noch einmal von ihm erholen konnten.

Beim Abschied sagte er:

„Also, Jochen, ich hoffe, daß du dich ein bißchen bemühst, es deinen Eltern in den nächsten Wochen recht zu machen — und natürlich auch danach, meine ich, du weißt schon. Es soll eine Belohnung sein, wenn du in den Ferien kommst...", und eine Erholung für die Eltern, ergänzte er im Geiste, arme Lizzi... Blödsinn überhaupt — das mit der Belohnung sollte man einem Kind nie sagen, schon gar nicht einem wie Jochen, der glatt die Stirn hätte, das für eine gelinde Form von Erpressung zu halten. Verflixt, was die in den Büchern so alles über Kindererziehung schrieben, war gut und schön, aber im richtigen Augenblick fiel einem nie das Richtige ein. Wider Erwarten sagte Jochen aber munter:

„Klar, ist doch klar, ich weiß schon, wie du das meinst. Abgemacht! Und du, Harald, halt dich schön senkrecht, alter Knabe", und er drückte ihm fast die Hand ab, puffte Steffi kurz in die Seite, daß sie „Au" machte, und stiebte davon. Keiner sollte sehen, daß er fast weinen wollte.

Dagmar maulte herum:

„Warum darf der Jochen kommen und ich nicht..."

Daran hatte noch keiner gedacht. Onkelpaul sah Lizzi an, Lizzi sah Onkelpaul an, dann sagten sie gleichzeitig: „Woll'n mal sehn, was sich machen läßt."

Damit war vorerst das letzte Wort über den Sommer gesprochen. Vaterpaul und Mamalizzi kehrten mit den Kindern — vor Mitternacht, versteht sich — zu Großmama zurück und fuhren zwei Tage später heim nach Weilimdorf im Schwabenland. Großmama war sehr traurig gewesen, was man daran erkannte, daß sie stumm anfing, alle möglichen Aufräumungsarbeiten zu machen. Dann hatte sie lange hinter der Gardine gestanden und der Abfahrt zugesehen. Wozu macht man sich die ganze Arbeit, hatte sie gedacht, jetzt sind sie wieder weg. Dann war sie in die Küche gegangen und hatte auf ihren Einkaufszettel geschrieben: Rotkohl.

DIE KINDER AUS DER RASTATTER STRASSE

Das Baumhaus

Weilimdorf war kein Dorf, sondern gehörte zu den Vororten der schönen baden-württembergischen Hauptstadt zwischen Wald und Reben. Man sah aber, daß es mal ein richtiges Dorf war, denn es gab noch schöne Fachwerkhäuser, auch das Rathaus war eines, und da waren noch Höfe und Gärtnereien, Anwesen, die daran erinnerten, daß hier einmal fleißige Bauern die Felder bestellt hatten, wo jetzt eine Vielzahl von neuen Ein- und Mehrfamilienhäusern standen mit schönen, üppigen Gärten. Da war auch ein ganz neuer Komplex, den man in der Umgebung einfach „die Hochhäuser" nannte. Sie lagen genau am südlichen Ausgang Weilimdorfs, wo die Felder anfingen und es eine Menge Platz zum Spielen gab, wo die Straße noch von alten Bäumen gesäumt wurde und unweit der Fasanenwald lag, der zum Forstgebiet des berühmten Schlosses „Solitude" gehörte. Hier wohnten Harald, Steffi und ihre Freunde, ohne die ihnen das Leben nicht mehr vorstellbar war, seit sie vor ein paar Jahren aus Köln hierher gezogen waren. Sie gingen zusammen zur Schule und verbrachten ihre Freizeit gemeinsam, oft auch die Sonntage, wenn die Eltern in die Alb fuhren oder in den Schwarzwald.

Es war Juni und der zweite Ferientag. Die Sonne schien. Herr Bohle, der Hausmeister, sprengte den Rasen. Die Mutter von Olli und Jürgen goß auf dem Balkon im Parterre die Blumen. Mamalizzi hängte am Trockenplatz Wäsche auf. Im Sandkasten spielten ein paar Kinder, und auf einer Bank saß eine Mutter, die strickte. Harald hatte bei Olli und Jürgen geklingelt. Gemeinsam gingen sie auf das angrenzende Grundstück, wo sie in einem alten Obstbaum, der ehemals in einem Garten gestanden hatte, der jetzt zum Gelände der Hochhäuser gehörte, ein Baumhaus errichtet hatten. Steffi schwenkte zu Mamalizzi auf den Trockenplatz ein.

„Wann kommen denn nun Jochen und Dagmar?"

Sie langweilte sich ein bißchen. Warten war nicht ihre Stärke.

„Da sie mit dem Auto kommen, kann das keiner genau sagen. Komm, hilf mir ein bißchen beim Wäscheaufhängen."

Weiter kam Mamalizzi nicht, und die Wäsche blieb vorerst auch stehen. Auf dem Nachbargrundstück, wo das Baumhaus stand, gab es einen fürchterlichen Lärm. Wie aus dem Boden gewachsen waren plötzlich auch die anderen da — Achimderstarke, Achimderstille, Stefan und Olaf. Herr Bohle hörte auf zu sprengen und horchte, was es da drüben wohl gäbe. Steffi kletterte völlig vorschriftswidrig über den Zaun, kroch durch die Büsche und verschwand dort, wo die Jungen durcheinanderschrien:

„Das Haus ist kaputt! Das Schloß ist herausgebrochen und die Tür rausgerissen. Alles haben sie geklaut, die ganzen Werkzeuge und Nägel sind weg... und die Hefte und die Limoflaschen..."

Mamalizzi und Herr Bohle gingen an den Zaun und schauten durch eine Lücke im Gebüsch. Herr Bohle rief:

„He, was ist denn los?"

Olli, der drahtige, strohblonde jüngere Bruder von Jürgen, kam aufgeregt angeflitzt und schrie:

„Da waren Einbrecher, die haben alles weggestohlen, und das Haus ist auch futsch..."

Herr Bohle wußte genug und dachte bei sich: auch gut, die Nachbarschaft hat sich sowieso schon über das ewige Gehämmer beschwert. Er ging wieder Rasen sprengen und hoffte, daß die Jungen diesmal wirklich genug hatten von ihrem Baumhaus, denn es war durchaus nicht das erstemal, daß Rabauken aus dem Wolfbusch es zerstört hatten.

„Habt ihr eine Ahnung, wer das gewesen ist?" fragte Mamalizzi.

„Das waren bestimmt dieselben, die uns schon ein paarmal angepflaumt haben und mit denen wir kämpfen wollten, als Achims Vater dazwischenkam", vermutete Stefan bedächtig.

„Wir kriegen ganz schön Ärger mit meinem Vater, weil das Werkzeug weg ist", maulte Jürgen herum und kroch durch die Büsche, wo man vielleicht das eine oder andere wiederfinden konnte. Aber außer ein paar Kerzenstummeln, leeren Flaschen und Bechern fand er nichts.

„Mensch, wenn ich die zu fassen kriege!" stieß Achimderstarke hervor. Er war rot vor Wut, und man glaubte ihm seine Worte.

„Wir stellen Wachen auf, denn die kommen bestimmt nachsehen", bestimmte er. Olaf, der Kleinste, der noch nicht mal zur Schule ging, stand staunend auf seinen herausfordernd gespreizten Beinen, schob einen Kaugummi auf die andere Backenseite und fragte ehrfürchtig:

„Darf ich mit auf die Wache?" Denn für ihn war es klar, daß jetzt die Polizei bemüht würde, und Wache war sein großes Schlagwort. Wenn nichts mehr half, schrie er immer „Wache!" — das mußte er mal im Fernsehen gehört haben. Den Jungen war das Wort Wasser auf die Mühle. Olli sagte sofort:

„Klar, Polizei, wir müssen zur Polizei!"

Mamalizzi stellte überlegend fest:

„Das war Einbruch."

„Klar, wir gehen zur Polizei, und dann bauen wir alles wieder auf", bestimmte Achimderstarke. Harald hatte bisher kaum etwas gesagt, sich aber alles genau angesehen. Jetzt hob er den Arm und sagte:

„Also jetzt haltet mal die Klappe. Erst mal machen wir einen Plan."

„Auja, prima, ich hole eine Limo..."

Aber Achimderstarke schnappte Olli, der schon loslaufen wollte, beim Kragen und sagte streng:
„Erst die Arbeit, dann das Vergnügen. Räumt die kaputten Bretter weg und legt alles auf einen Haufen."
„Blödsinn", sagte Harald, der sich immer mit dem Starken anlegte, „noch nie was von Spurensicherung gehört und davon, daß man am Tatort nichts verändern darf?"
Achimderstarke wurde wieder rot im Gesicht — daß er daran nicht gedacht hatte! Aber Mamalizzi war anderer Meinung und dachte sicher nicht zuletzt an die Anwohner, denen der Anblick der Zerstörung wenig erhebend sein würde:
„Also hört mal zu, Leichen hat es ja nun keine gegeben, und daß eingebrochen wurde, sieht man an der Tür selbst und daran, daß das Haus hin ist. Ich finde Aufräumen sehr gut."
„Also gut", sagte Harald nachgebend, „Aufräumen ist nicht schlecht, aber du räumst mit auf, klar?", womit er sich an Achimdenstarken wandte, „und dann machen wir einen Plan."
„Is ja schon gut", sagte der und machte sich daran, das verstreute Holz zusammenzutragen, Nägel herauszuziehen und zu sortieren, was noch brauchbar war.
Mamalizzi war wieder zu ihrer Wäsche gegangen. Steffi ergriff die Gelegenheit, die Wäsche zu vergessen, und machte sich auf den Weg zu ihrer Freundin Anja, die ein paar Straßen weiter wohnte. Ein bißchen Rollschuh laufen wäre nicht übel, so konnte man die Neuigkeiten vom Baumhaus verbreiten. Die Gegenbande würde sich freuen. War die es nicht vielleicht überhaupt gewesen?
Die Jungen verbrachten die nächsten Stunden damit, sich darüber im unklaren zu sein, was sie nun machen sollten. Zur Polizei zu gehen, trauten sie sich nicht. Eine Wache aufzustellen — gut und schön, aber was sollte die

ausrichten und vor allem: was sollten die andern in der Zeit machen?

„Also, ich bin dafür, wir bauen wieder auf", schlug Jürgen vor.

„Und übermorgen ist wieder alles hin", schränkte Achimderstille ein, der selten eine überflüssige Bemerkung machte.

„Wann gehen wir auf die Wache?" Das war natürlich Olaf, dem man einen neuen Kaugummi zuschieben mußte, wenn er nicht stören sollte. „Wo kriegen wir neue Nägel her?"

Das war eine entscheidende Frage. Ohne Nägel kein Baumhaus. Und es ahnte ja keiner, wieviel Kilo Nägel in so ein Haus investiert werden mußten.

„Wir müssen zusammenlegen", sagte Achimderstarke, der nie Geld hatte, das er dazutun konnte.

„Das kenn' ich", nickte Olli tiefsinnig.

„Ja, das kennen wir", stimmte Jürgen zu, denn sie waren es, die den größten Teil ihres Taschengeldes in Nägeln angelegt hatten. So ging es hin und her, ohne daß etwas dabei herauskam. Stefan wurde es langweilig. Er verfiel in sein bestes Schwäbisch:

„I gang jetzt a bißle radfahre."

Da geschah etwas Unerwartetes. Ein Polizist betrat das Grundstück. Er hatte sein Fahrrad an einen Masten gelehnt und erschien mit einem Brett, aus dem lange Nägel schauten.

„Des gehört sicher euch, oder?"

Er musterte den Bretterstapel und das restliche Gebilde im Baum. Keiner antwortete, weil jeder dem anderen den Vortritt lassen wollte, mit der polizeilichen Obrigkeit zu sprechen.

„Bei uns ist eingebrochen worden", sagte Harald schließlich und sah den Polizisten mutig an.

„Des Brett, des isch midde uf dr Stroß glega, des isch

gfährlich. Des dirfet ihr net mache, des isch gege de Vorschrift."

Er legte das Brett sorgfältig zu den andern und musterte wieder das Baumhaus, beziehungsweise das, was übrig war.

„Bei eich isch ei'broche worde?"

Als hätte diese Bemerkung eine Schleuse geöffnet, fingen alle an zu reden:

„Alles haben sie uns gestohlen... auch die Nägel und die Hämmer und so..."

„Und dabei hatten wir ein Schloß dran, ja, ein richtiges festes Schloß, das hat zwölf Mark gekostet gehabt..."

„Des misse die vom Wolfbusch g'wese sei, die uns sonscht au emmer g'ärgert hen..."

„Können Sie uns nicht helfen, die zu fangen, die das gemacht haben?"

Der Polizist hob abwehrend die Hände:

„Nu mal langsam. Also: das Haus war verschlossen?"

Offensichtlich befand er sich jetzt im Dienst, denn er sprach hochdeutsch. Die Kinder wurden ruhig. Weil der Polizist, der übrigens Häberle hieß, wie sich später herausstellte, Harald ansah, sprach der, was ihn ebenso stolz wie verlegen machte.

„Ja, wir hatten ein gutes Schloß dran, und es war auch immer abgeschlossen, wenn wir nicht da waren."

„Dann ist es Einbruch. Gewissermaßen handelt es sich hier um ein Gartenobjekt, also Privatbesitz. Ich werde mir das mal notieren und meine Kollegen bitten, ein Auge auf diesen Platz zu haben. Wenn wir was bemerken, müßt ihr mal auf die Wache kommen."

Olaf war nicht mehr zu halten, als er sein Lieblingswort aus einem so berufenen Munde hörte. Er drängte sich vor den Polizisten, starrte zu ihm hinauf und fragte:

„Darf ich mit auf die Wache?"

Die Jungen hatten andächtig zugehört und ließen sich

von Olaf nicht stören. Als Herr Häberle jetzt noch sein Notizbuch herauszog und sich Haralds Adresse aufschrieb, die ja gleichzeitig die von allen anderen auch war, weil alle in einem Haus wohnten, und als er die Lage des Grundstückes vermerkte, fühlten sie sich wie Kronzeugen eines aufregenden Prozesses.

„I muß jetzt weider", sagte Herr Häberle, „also, adele und gebet acht, daß net wieder a Brett uff'd Stroß kommt..."

„Klar, Herr Wachtmeister, machen wir", sagte Harald.

Als der Wachtmeister außer Sicht war, ging Achimderstarke auf Harald zu, knuffte ihn und zischte:

„Jetzt gib man bloß nich so an — Herr Wachtmeister..."

Aber es kam gar nicht erst ein Streit auf.

„Mensch", sagte Olli begeistert, „das war große Klasse, der kam wie gerufen!"

„Das glaubt uns kein Mensch..." Jürgen klatschte sich auf die Oberschenkel, und Stefan schlug vor:

„Das müssen wir den andern erzählen, die werden sich schön ärgern!"

Sie stoben davon, schwangen sich auf ihre Räder und machten sich auf die Suche nach denen von der anderen Bande. Die spielten gerade Fußball und hörten sich die Geschichte mit ungeheucheltem Interesse an, woraus man entnehmen konnte, daß sie an der Missetat unschuldig waren.

„Doll", sagte Dirk und erwog im stillen, ob er seinen Bandenmitgliedern nicht auch den Bau eines Baumhauses vorschlagen sollte oder doch wenigstens eines „Lagers", wie man es auch nannte.

Es war Mittag, als Jochen und Dagmar kamen. Steffi, die gerade zum Essen nach Hause gehen wollte, sah das Kölner Auto und sauste mit den Rollschuhen los:

„Harald, Harald", rief sie, „sie kommen!"

Alle standen um das Auto rum, so daß die Kinder und der Vater kaum aussteigen konnten. Es ging ein Geschnatter los, daß einem Hören und Sehen verging. Man hätte fast meinen können, Jochen und Dagmar kämen zu ihren Freunden von einer Reise zurück. Unbemerkt in dem Gedränge sprang Nurmi, der Dackel, mitten in das Durcheinander und freute sich an den vielen Beinen, an denen es ungeheuer Neues zu beschnuppern gab. Mal oben, mal unten hopste er vergnügt herum, bis ihm einer auf die Pfoten trat.

„Och, guck mal, der Arme, wie nett, wem gehört der..."

„Is der süß, kommkommkomm..." Und Nurmi vergaß seinen Schmerz über der Freude, so willkommen zu sein.

„Der kann unser Lager bewachen", schrie Olli freudig.

„Jo, des macht der, gelt?" Jürgen streichelte Nurmi, und alle hatten Freundschaft mit ihm geschlossen.

Jochen hatte sich aus dem, was er verstehen konnte, schon sein Bild gemacht und war sichtlich zufrieden. Die Ferien konnten gut werden. Er ließ sich kaum Zeit, Mamalizzi guten Tag zu sagen und Mittag zu essen, dann war er draußen, stieg in den Baum und fing einfach an, das Haus wieder zusammenzunageln. Er kaufte von seinen Reisegroschen Nägel und Kerzen und Streichhölzer, viele Streichhölzer, denn er liebte das Feuer.

„Machen wir heute abend ein Lagerfeuer?" fragte er.

„Weiß nicht, wenn wir dürfen", sagte Harald.

„Was heißt hier dürfen — wir machen einfach eines von den restlichen Brettern."

„Erst mal muß das Haus fertig sein, basta", bestimmte Achimderstarke, der sich auch von dem älteren Jochen nicht verdrängen lassen wollte. Olli hatte auch was beizusteuern:

„Morgen wollen wir ein großes Lagerfeuer machen, hat meine Mutter gesagt. Mit Würstchenbraten und Bier. Jeder bringt sich sein Sach mit."

Und dabei blieb es. Die Jungen arbeiteten, bis sie nichts mehr sehen konnten. Danach wurde es natürlich erst gemütlich in dem fast fertigen Baumhaus. Kerzenlicht, Schmöker, und als besondere Überraschung griff Jochen in die Hosentasche und holte drei ziemlich knittrige Zigaretten heraus.

„Ohch", machte Olli, der davon große Vorräte haben mußte, von den Ohs und Ahs natürlich.

„Krieg' ich auch eine?" Jürgen hielt die Hand hin. Harald schaute mißtrauisch. Er hatte schon Erfahrungen mit Jochens Zigaretten gemacht. Manchmal gingen die Dinger los. Karneval war noch nicht so lange vorbei, daß Jochens Vorräte hätten erschöpft sein müssen. Stefan sagte: „Ich hab' Asthma. I derf des nedde."

Die beiden Joachims waren ganz Auge. Der Stille grinste erwartungsvoll. Der Starke sah so aus, als sei das nichts Neues für ihn. Jochen teilte die Zigaretten kunstvoll und andächtig und sagte:

„Gut, daß du Asthma hast — die reichen sowieso nicht."

Stefan vertiefte sich in einen Schmöker, den er in dem funseligen Licht kaum entziffern konnte, und tat so, als ob er läse. Eigentlich hätte er auch gern mal probiert! Er sah verlangend zu, wie die andern ihren Zigarettenstummel an der Kerze anzündeten. Keiner sagte etwas. Sie waren damit beschäftigt, ihren Husten zu unterdrücken, der sie befallen wollte. Sie pafften mehr verlegen als mit Genuß und weideten sich an dem Gedanken, damit in der Schule angeben zu können — und diese Kloraucherei, na, mit der sollte man ihnen wegbleiben.

„Doll", machte Jürgen mutig, verschluckte sich und mußte schrecklich husten. Jochen schlug ihm kräftig auf den Rücken. Er war offenbar der einzige, der wirklich schon geraucht hatte.

„Also, ich finde, das schmeckt ganz schön scheußlich", sagte Olli und betrachtete seine Zigarette mißbilligend.

„Man soll Krebs davon kriegen", bemerkte Stefan, froh, etwas gefunden zu haben, womit er den andern den Appetit verderben konnte.

„Mein Großvater war Nichtraucher und ist auch an Krebs gestorben", sagte Achimderstille.

„Quatsch, das mit dem Krebs. Ich finde Rauchen männlich", hörte man von Achimdemstarken.

Harald paffte zwar auch in die Gegend, aber ein Vergnügen fand er nicht darin. Schließlich wurde es ihm zu dumm, angenehme Gefühle zu heucheln, er warf seinen Zigarettenrest durch die Fensteröffnung und gähnte. Nurmi hatte unter der Bank gelegen und stand jetzt auf, reckte sich, gähnte auch und sah erwartungsvoll in die Runde. Ob die noch eine kleine Baumpartie mit ihm machten, nicht oben im Baum, unten mehr, wo er ein Bein heben konnte?

Harald sagte: „Gehn wir mit Nurmi noch mal ums Haus?"

Nurmi verstand sofort und war schon unterwegs, und weil alle fertig waren, oder müde, schlossen sie die Bude ab. Jochen klemmte Nurmi unter den Arm, behielt seinen Stummel zwischen den Lippen und stieg als letzter von der Leiter. Vom Haus her ertönte ein Pfiff — das war Vaterschumacher. Olli und Jürgen verschwanden im Hauseingang. Wenig später plätscherte in allen Badezimmern das Wasser in die Wannen. Alle Mütter hatten das gleiche Bedürfnis: saubere Kinder ins Bett zu bringen. Eklige Angelegenheit, diese ewige Wascherei. Vor dem Essen, nach dem Essen, vor dem Schlafen, nach dem Schlafen. Nur Menschen hatten ein so übertriebenes Sauberkeitsbedürfnis entwickelt. Alles Einbildung, daß das gesund sein sollte. Harald meinte immer beschwörend, seine Haut sei schon ganz dünn gewaschen. Aber Mamalizzi zeigte kein Erbarmen.

„Du bist kein Leintuch", pflegte sie zu sagen.

Seit man beim Baden Anspruch darauf hatte, die Tür abzuschließen, war der Aktion ja glücklicherweise ein angenehmer Aspekt abzugewinnen. Man konnte sich einfach aufweichen lassen und dabei seinen Gedanken nachgehen oder Blubberblasen machen, oder man konnte eine der seltenen Fliegen oder Spinnen mit der Dusche „gießen". Wenn das alles keinen Spaß machte, nahm Harald sich was zum Lesen mit oder spielte Unterwasserindianer mit kleinen Plastikfiguren. Mit Jochen zusammen war das Waschen natürlich etwas anderes. Man konnte sich gegenseitig die Seife in den Schlafanzug stecken oder besser einen nassen Waschlappen — konnte mit den Bade- und Klobürsten Gefechte austragen oder beim Zähneputzen um die Wette schäumen und gurgeln. Leider stellte Mamalizzi die gemeinsame Waschprozedur aber schon am zweiten Abend ab, wodurch es wieder langweilig wurde. Jochen aber fiel auch dazu was ein — allerdings nur einmal, denn danach gab es den ersten Krach. Aber das war erst ein paar Tage später. An diesem ersten Abend gab es noch Doppelwäsche, bis Mamalizzi an die Badtür klopfte und rief:

„Schluß jetzt, und morgen wascht ihr euch jeder allein, klar?"

Steffi und Dagmar lagen schon in ihren Betten in Steffis Zimmer und lasen. Ab und zu schauten sie forschend auf und kicherten sich zu. Endlich kamen die Jungen aus dem Bad und verschwanden in Haralds Zimmer. Harald hopste mit Anlauf ins Bett — das hätte er besser gelassen, denn er sauste durch die Decken, deren verdächtige Delle er nicht bemerkt hatte, und landete mit einem Krach auf dem Boden.

„Verdammt noch mal, wer hat denn das gemacht?" schrie er.

Jochen lachte sich halbtot und sprang wie verrückt im Zimmer herum:

„So was, so was, das hab' ich bei der Dagmar mal gemacht, Mensch, hat die getobt." Und während er lachte, setzte er sich auf seine bettmäßig hergerichtete Liege und brach mit ihr zusammen.

„Verdammt, wer war das?" schrie jetzt er, rappelte sich wieder auf und lachte noch mehr als vorher, unterstützt von Harald, der aus seinem Bett gekrochen war. Mamalizzi rief aus dem Wohnzimmer:

„Was ist passiert? Seid ihr eingebrochen?"

Steffi und Dagmar kicherten unter ihren Bettdecken und lasen dann gleichgültig weiter.

„Na wartet, das können ja nur die Mädchen gewesen sein" —, und die Jungen stürzten, bewaffnet mit ihren Kopfkissen, ins Mädchenzimmer. Die Mädchen aber waren vorbereitet. Nurmi, der es sich bei Dagmar gemütlich gemacht hatte, wurde vom Bett geworfen, was ihn sichtlich kränkte, denn er fing entsetzlich an zu jaulen und verfiel dann in ein wütendes Gebell, weil er sich für keine der beiden Parteien entschließen konnte. Mamalizzi seufzte im Wohnzimmer, wo sie die Fische im Aquarium fütterte.

„Ich hätte es ihnen nicht erlauben dürfen — das mußte ja so kommen. Wieviel Zeit lassen wir ihnen, bis sie sich beruhigen müssen?"

Vaterpaul sah kaum auf. Er war mit einem asiatischen Kugelspiel beschäftigt, bei dem man Geduld lernen sollte.

„Wer die Suppe eingebrockt hat, muß sie auch auslöffeln."

„Ich zähle langsam bis zwanzig."

Mamalizzi schloß den Deckel der Futterdose und schaute zählend in das grünliche Licht des Beckens. Es beruhigte sie so, die roten Schwertträger, die schwarzen Mollis, die Zebrafische und die Barben anzuschauen, daß sie das Kampfgeschrei der Kinder kaum noch wahrnahm und schon bei 29 war, als es an der Tür klingelte.

Tinni und Mucki, die kleinen Mädchen von oben, standen artig in ihren Nachthemdchen und Pantöffelchen vor der Tür und sagten:

„Dürfen wir mitspielen?"

„Ach du lieber Himmel, euch hab' ich ja ganz vergessen", sagte Mamalizzi, die versprochen hatte, auf die Kleinen aufzupassen, weil die Eltern ausgegangen waren.

„Wißt ihr was, ihr dürft jetzt den Kindern sagen, daß sie aufhören sollen, solchen Lärm zu machen. Und dann geht ihr wieder ins Bettchen, ja?"

„Wir wollen aber lieber mitspielen", sagte Mucki.

„Wir haben auch ein Kissen mitgebracht", lachte die pummlige Tinni verschmitzt und holte hinter dem Rücken ein Puppenkissen hervor. Mamalizzi lächelte die Kleinen an und holte sie herein. Sie durften ein paarmal außer Konkurrenz Kissen gegen die Großen schleudern und waren hell begeistert, wenn die Getroffenen zusammenbrachen. Mit allen verfügbaren Kissen und Decken wurden sie dann „begraben", bis nichts mehr von ihnen zu sehen war.

„So, jetzt sind sie weg", sagte Mamalizzi. „Jetzt geht ihr wieder rauf."

„Aber die zappeln ja noch..."

Erst als sich nichts mehr rührte, waren Tinni und Mucki zu bewegen, das Schlachtfeld als Sieger zu verlassen.

„Jetzt gibt's noch ein Betthupferl und dann ab in die Koje."

„Und dem Papapaul geb' ich noch ein Küßchen und der Mamalizzi auch und den Fischlein auch..."

Damit sie nicht auf die Idee kämen, auch noch den Blümchen und Tischchen, den Stühlchen und Lämpchen ein Küßchen zu geben, nahmen Vaterpaul und Mamalizzi die Kinder und trugen sie in die obere Wohnung. Gottlob war dann Ruhe. Selbst bei den Großen ging das Licht aus, und das unvermeidliche Geraune und Gekicher von Kindern, die Gesellschaft haben, verstummte.

Die aus dem Wolfbusch

Obwohl die Kinder spät ins Bett gekommen waren, wachte Jochen am anderen Morgen sehr zeitig auf. In der Wohnung war selbst Mamalizzi noch nicht zu hören. Jochen kitzelte Harald so lange an den Füßen, bis er wütend aus dem Bett sprang. Er wollte sich schon zu einem leichten Training auf seinen Sparringspartner stürzen — der aber legte den Finger auf den Mund:

„Pst doch, die wachen ja alle auf. Komm, wir gehn raus."

Sie zogen Jeans und Pulli über und schlichen mit Turnschuhen in der Hand aus der Wohnung.

„Mensch, ich hab' den Schlüssel vergessen, jetzt kommen wir nicht mehr rein..." sagte Harald erschrocken.

„Ich hab' den Schlüssel für die Bude." Jochen schwenkte den Schlüssel am Band.

„Den hat doch Jürgen..." wunderte sich Harald.

„Klar, hab' ich ihm aber stibitzt."

Jochen hatte auch zwei Äpfel aus der Küche mitgenommen, um nicht durch ungewisse Wechselfälle des Geschickes dem Hungertod anheimfallen zu müssen. Harald zog ein paar Kautzkis, vielmehr Kaugummis, aus der Tasche und teilte sie auf. So schlenderten die Jungen ums Haus, kickten eine alte Pappschachtel in den Rinnstein und balancierten über die kleine Mauer, hinter der „ihr" Grundstück lag. Die sonntägliche Stille wurde durch das widrige Geknatter eines Mopeds gestört, das jemand unweit in Gang setzte. Harald schwang sich an den Ast eines alten Apfelbaumes, der dieser oft geübten Prozedur nicht mehr lange standhalten würde, was sein Ächzen deutlich verriet. Indem Harald sich hoch stützte und über die Wiese sah, bemerkte er ein, nein, zwei Paar Hosenbeine. Die oberen Regionen entzogen sich seinem Blick durch das Buschwerk.

„Pst", machte er eindringlich und kam so geräuschlos wie möglich von seinem Baum.

„Da ist jemand an der Bude", flüsterte er. Jetzt hörte man, daß dort mit Holz hantiert wurde. Jochen warf sich hinter den nächsten Busch und robbte vorwärts, um etwas sehen zu können. Vergeblich, sie mußten schon näher ran.

„Wir können von der Straße her rankommen", sagte Harald leise.

„Seh' ich, ist die einzige Möglichkeit, also los, rüber."

„Wenn wir die kriegen..."

„Was ich mit denen mache..."

Auf der Höhe des Baumhauses standen zwei leichte Motorräder. Auf dem einen saß ein Halbwüchsiger mit struppigem, blondem Haar. Er war es, der knatterte und etwas rief, was die Jungen nicht verstanden. Ein Motorrad war silbern, das andere blau-rot. Jochen merkte sich das sofort. Die Jungen näherten sich vorsichtig und sahen den zweiten, der war damit beschäftigt, aus einem Kanister eine Flüssigkeit auf einen kleinen Holzstoß unterhalb des Baumhauses zu entleeren. Er trug wie sein Kumpel eine dunkle Lederimitationsjacke, Jeans und hatte langes dunkles Haar.

„Mensch, die zünden uns das Haus an", sagte Jochen ohne jede Vorsicht.

„Die sind sechzehn oder noch älter..."

„Verdammte Schweinerei!"

Harald war so wütend, daß er vorpreschte und schrie:

„Gemeinheit, ich hol' die Polizei!"

Der Dunkle drehte sich um, schlenkerte seelenruhig den Kanister leer und sah Harald an. Der zweite war von seinem Motorrad gestiegen und drängte Harald in die Büsche, wo er gegen Jochen stieß und ins Stolpern geriet. Jochen war nicht kleiner als die beiden Attentäter, fühlte sich ihnen aber unterlegen, weshalb er es nicht auf ein

Handgemenge ankommen ließ. Er stellte sich fest neben Harald und sah die beiden an:

„Schöne Scheißkerle seid ihr..." Seine Stimme zitterte leicht, und er hatte eine Heidenangst.

„Wer hat da was von Polizei gesagt?"

Der Blonde zog ein Klappmesser aus der Tasche.

„Laß den Quatsch, mach den Bübchen keine Angst, Andy", sagte der Dunkle, „... ist wohl ihr Haus, müssen ja wenigstens zwitschern, wenn man ihr Nestchen kaputtmacht."

„Das Nestchen machen wir jetzt alle, kleines Feuerchen und hui, weg ist es. Kann sich ja nicht jeder was bauen, wo er will. Wo kommen wir denn da hin! Los, zünd es an!"

Der Dunkle warf ein Streichholz in den Holzstoß. Die Jungen zwängten sich rückwärts ins Gebüsch und sahen erschreckt, wie das Feuer mit einem leisen Explosionsknall hochloderte.

„Wenn ihr was verratet, Bürschchen, dann könnt ihr mich kennenlernen! Ich rat' euch gut, laßt die Finger davon, sonst geht's euch schlecht..."

Der Blonde sah die Jungen drohend an, ging dann zu seinem laufenden Motorrad und stob davon. Sein Kumpel startete gleichfalls, kehrte aber nach ein paar Metern noch einmal um, schwenkte zu den Jungen ein und sagte:

„Wir sind immer da, versteht ihr? Wir sehen alles, egal, wo ihr euch verkriecht!"

Er wendete sein Vehikel und fuhr lachend mit lautem Geknatter davon, das Lenkrad hochreißend wie ein Pferd, damit es auf die Hinterhand zu stehen käme.

„Irgend etwas an ihm hat geblitzt..." sagte Harald unvermittelt.

„Hähh, hat was?" fragte Jochen verdutzt.

Harald besann sich: „Mensch, wir müssen löschen, los, wir rufen den Hausmeister!"

Harald rannte wie ein Wilder los zu Herrn Bohle, der gerade im Sonntagsstaat aus der Tür kam, um mit seiner Familie ins Grüne zu fahren.

„Hehe, was ist los?!"

Die Jungen berichteten. Als Herr Bohle das Wort Feuer hörte, war er schon im Keller, ließ die Jungen zupacken, holte den großen Schlauch, schloß die Hintertür auf und den Schlauch an, rannte durch die Anlagen, den Jungen voraus, die den Schlauch schleppten, rief seiner Frau zu, sie solle den Hahn aufdrehen, und hielt den Wasserstrahl in Richtung Baumhaus. Der Strahl erreichte den Platz genau vom Zaun aus. Da sich das Feuer in der Taufrische des Morgens noch nicht weit hatte ausdehnen können, war der Brand bald gelöscht. Aus den Fenstern der unteren Wohnungen schauten jetzt die Köpfe von Olaf, Olli und Jürgen, die der Väter und Mütter obendrüber. Weiter oben schauten Steffi und Dagmar und Vaterpaul heraus. Ein paar Nachbarn schimpften oder lachten je nach Veranlagung. Herr Bohle und die Jungen leerten den Schlauch und rollten ihn auf, ermuntert durch die Hauruckrufe von Olli, Jürgen und Olaf, der ganz vergaß, „Wache" zu rufen. Frau Bohle kehrte ahnungsvoll in die Wohnung zurück, um neue Hosen, Socken und Schuhe für ihren Mann zurechtzulegen.

„Schöner Schlamassel, und das am Sonntagmorgen", sagte Steffi zu Dagmar, die den aufgeregten Nurmi kaum noch davon abhalten konnte, aus dem Fenster zu springen.

„Was die wohl wieder angestellt haben, na, das wird was geben. Wenn das meine Mutter erfährt ..."

Dagmar war überzeugt, daß nur Jochen der Verursacher solch einer Aufregung sein konnte.

„Auf das Frühstück freue ich mich, da kommen wir kaum zum Essen ..."

Steffi bemerkte: „Sieh mal, wie der Rasen jetzt aussieht von dem Wasser und den Schuhen! Wenn wir da

mal drauftreten, oioi, da gibt's immer gleich was von Herrn Bohle zu hören. Jetzt hat er's selbst gemacht..."
"Junge, Junge, das gibt 'ne Arbeit..."

Beim Frühstück kam — wie Steffi vorausgesehen hatte — kaum einer zum Essen. Erstens, weil alle durcheinanderredeten, und zweitens, weil es dauernd klingelte und jemand wissen wollte, was denn eigentlich passiert sei. Die Jungen waren den ganzen Tag damit beschäftigt, die Geschichte erneut zu erzählen. Und weil dieselbe Geschichte langsam langweilig wurde, erfanden sie etwas dazu, was schließlich dazu führte, daß die irrsinnigsten Gerüchte durch Weilimdorf liefen. Dem einen zufolge waren die Feuerwehren unterwegs, dem andern nach war nichts mehr zu retten, weil alles abgebrannt war und die Hochhäuser nun nicht mehr existierten. Friede ihrer Asche und der armen Opfer. Erst nach dem Mittagessen stellte Vaterpaul die Frage:
"Kennt ihr die Brandstifter?"
Harald und Jochen konnten getrost "nein" sagen, denn sie kannten sie ja wirklich nicht. Und diese Aussage hielten sie nach den Drohungen der beiden Motorradfahrer vorerst für die klügste. Harald besprach sich mit Jochen:
"Wir sollten einen Rat halten..."
"Wollen wir den andern alles erzählen?"
"Ich weiß nicht, dann petzt vielleicht einer."
"Nee, das glaub' ich nicht! Die freuen sich über ein Geheimnis und werden dichthalten. Und dann — weil sie nicht selbst dabei waren, können sie alles für gelogen halten."
Jochen hatte mit so etwas offenbar Erfahrung, jedenfalls war Harald hinlänglich überzeugt, und am Nachmittag setzten sich die acht Jungen unter dem Baumhaus zusammen und hielten Rat. Achimdesstarken Position hatte offenbar gelitten, weil nicht ihm das Glück zuteil gewor-

den war, die Täter zu überraschen. „Vielleicht spinnen die nur", meinte er in dem Versuch, die anderen für sich zu gewinnen.

„Siehste, was hab' ich gesagt..." flüsterte Jochen Harald zu, und an Achim gewandt:

„Meinste vielleicht, w i r hätten dat Haus angezündet? Wär' doch schön blöd, so wat zu machen!"

Wenn er aus Überzeugung sprach, verfiel er gern in seinen rheinischen Sprachfehler. Die anderen waren ganz seiner Meinung. Ollis blaue Augen sprangen bald unter dem blonden Schopf hervor:

„Wie sahen die aus, was hab'n die gesagt, hatten sie ein Messer oder Pistolen, oder hatten sie Ketten — hab' ich gehört, daß die mit Ketten losziehen..."

„Also Ketten und Pistolen hatten sie nicht", sagte Harald sichtlich unzufrieden, daß er damit nicht dienen konnte. Jochen stieß ihn in die Seite:

„Also komm, beinah' hätten sie auch Pistolen gehabt! Und Ketten, du hast doch was blitzen sehen, hast du gesagt..."

„Ketten rasseln", sagte Achimderstille.

„Vielleicht waren's Gespenster, die mit den Ketten gerasselt haben." Olaf hatte geflüstert und sich weit vorgebeugt. Seine Augen waren aufgerissen. Die anderen waren einen Moment perplex, fingen dann aber so an zu lachen, daß Nurmi aufwachte und unter einem Bretterstapel hervorkam.

„Mensch, du bist ja bescheuert", rief Achimderstarke ohne Rücksicht darauf, daß Olaf fast zu weinen anfing. Jürgen nahm Partei für den Kleinen und hätte sich fast mit dem Starken geprügelt, weil Nurmi aber den Streitenden immer an die Hosenbeine fuhr und es schon Ärger wegen der Löcher gegeben hatte, unterließ er es.

„Du mit deinem blöden Blitzen — wird wohl ein Gewitter gewesen sein", brummte Jürgen ärgerlich.

„Der mit seinem Blitz, der spinnt ja", sagte Stefan gelangweilt. Ihn ärgerte es mehr, daß er im obersten Stockwerk wohnte, von wo aus er immer zu spät zu allem kam und am schlechtesten beobachten konnte, was draußen vorging.

„Bist ja bloß neidisch", sagte Olaf und rückte näher zu Harald, den er sehr bewunderte, weil er nun bestimmt bald auf die Wache gehen und ihn dorthin mitnehmen würde.

„Also, hat's nun geblitzt oder nicht?" fragte Achimderstarke herausfordernd. Ihm war Uneinigkeit nur recht — das konnte für seinen Führungsanspruch nur gut sein.

Harald dachte nach, irgend etwas hatte geblitzt — aber was?

„Ich kann mich nicht mehr erinnern."

„Da hab'n wir's! Alles erfunden!" tönte Achimderstarke.

„Glaub' ich nicht", sagte Olli, dem die Vorstellung, es könnte nicht wahr sein, was Jochen und Harald erzählten, ganz furchtbar war. „Glaub' ich einfach nicht", wiederholte er. „Ihr müßt doch wissen, was sie anhatten und ob sie rot wie Indianer waren oder gelb wie Chinesen..."

„Natürlich waren sie weiß. Übrigens war der eine heller als der andere, hatte auch blonde Haare. Der andere war brauner und hatte dunkle Haare — und bei dem", fügte Harald entschlossen hinzu, „hat was geblitzt!"

„Mensch, hör auf mit deinem Blitzen", sagte Stefan verdrießlich.

Jochen führte den Bericht zu Ende mit allen Einzelheiten, die ihm einfielen, beschrieb die Motorräder und erinnerte sich plötzlich an den Kanister. Er sprang auf und fing an zu suchen. Tatsächlich fand er ihn und schwenkte ihn triumphierend. Jetzt waren wohl alle Zweifel beseitigt, denn aus heiterem Himmel fiel ja kein Kanister auf die Wiese, der zweifelsfrei nicht den Jungen gehörte.

„Mann" — Harald schlug sich vor die Stirn —, „den

hätte man ja als Indizienbeweis oder wie das heißt nehmen können! Jetzt hast du ihn aber schon angefaßt und alles verwischt..."

„Aber wir wollen's doch gar nicht verraten", schränkte Jochen etwas bestürzt ein.

„Na, wenn aber doch?" Harald fuhr sich mit dem Daumennagel über die Unterlippe, ein Zeichen, daß er unschlüssig war.

„Hat wohl keinen Zweck mehr, was zu sagen, jetzt ist es zu spät. Die denken glatt, wir hätten uns das ausgedacht, um uns interessant zu machen." Jürgen hatte damit seine Meinung gesagt. Stefan folgte ihm mit einer neuen Perspektive, und das in seinem besten Schwäbisch:

„Meine Eldern lasset me nemmer nonder, wenn se des höret. I mid meim Asthma..."

Achimderstille nickte: „I derf des meiner Mudder gar net verzähle. Die kriegt en Herzschlag. Die hot sowieso emmer Angscht vor de Rocker."

Harald und Jochen hörten sich an, was die andern zu sagen hatten. Es dauerte noch eine ganze Weile, bis sie endlich etwas beschlossen. Man trennte sich mit dem Beschluß, die Vorkommnisse als „Geheimsache" zu betrachten. Harald wurde nachdenklich und hatte ein ungutes Gefühl, als er mit Jochen allein war. Die Szene vom Morgen stand ihm noch deutlich vor Augen, wenn es still um ihn war.

Als ob er Haralds Gedanken erriete, sagte Jochen:

„Wahrscheinlich haben sie bloß angegeben und machen gar nichts. Und wenn schon, schließlich sind wir acht."

„Glaubst du, die sind allein?" Harald wurde sein ungutes Gefühl nicht los, und so ganz sicher war Jochen sich seiner Sache auch nicht.

Bei Mamalizzi und Vaterpaul war das Thema naturgemäß tabu. Allerdings blieb es in einer anderen Weise aktuell, aktueller, als den Jungen lieb sein konnte.

Im Lindenthal

Nicht nur die Jungen hatten Rat gehalten, auch die Eltern hatten sich zusammengesetzt und waren sehr schnell zu einem Entschluß gekommen, der noch am gleichen Sonntagabend Herrn Bohle mitgeteilt wurde, als der von seinem Ausflug ins Grüne zurückkam. Bei der Mitteilung, daß die „Bude" abgerissen würde, atmete Herr Bohle erleichtert auf. Waren doch vernünftig, diese Eltern — na, es ginge ja auch so nicht weiter. Die Anwohner hatten sich zur Genüge beschwert, und wenn es erst an die Verwaltung ginge, dann würde es offiziell und für beide Seiten unangenehm.

Um die Sache den Jungen ein bißchen angenehmer zu verpacken, beschlossen die Eltern noch, den Sonntagabend mit einem Lagerfeuer, Würstchenbraten, Bier und Limonade zu beenden. Als es dämmerte, gingen Vaterschumacher und Vaterpaul auf die Wiese und errichteten einen großen Holzstoß. Die Jungen standen unschlüssig herum. Es war ein harter Schlag für sie. Ohne Baumhaus war die Welt keine Heimstatt mehr für sie, hatten sie nichts, was sie ihr eigen nennen konnten, und noch nicht einmal ein Dach über dem Kopf. Gegen die Entschlußkraft der Eltern aber war diesmal nicht anzukommen — sie waren sich zu einig. Jochen malte mit einem Stock wahllos Zeichen ins Gras, warf ihn plötzlich in die Luft, als hätte er eine ungeheure Entdeckung gemacht, schrie Juchu und stürzte sich auf das Baumhaus oder auf seinen Rest, wie man besser sagt.

„Los, wir reißen es ab, los, wir machen Feuer damit!"

Die anderen stutzten einen Moment und stürzten dann hinter ihm her. Mit Stecken, Hämmern und Äxten fingen sie an, wie wild auf den Torso einzuschlagen. Harald hatte abseits gesessen, sprang jetzt auf und schrie:

„Seid ihr verrückt geworden?! Laßt die Bretter ganz!

Wir bauen uns ein neues Haus oder ein Lager. Irgendwoanders. Hört sofort auf!"

Olli hielt inne, Stefan hatte ohnehin nicht recht mitgemacht, Jürgen tat sowieso, was sein Bruder machte, und so hörte einer nach dem anderen auf, das Haus zu zerstören. Nur Olaf maulte, weil es ihm solchen Spaß machte, auch mithelfen zu dürfen, wozu er sonst immer zu klein war. Auch Jochen hieb noch eine Weile weiter. Bei den letzten Schlägen sagte er dann schon: „Okay, okay, also, lassen wir die großen Bretter heil und legen sie ordentlich auf einen Stoß. Das Kleinzeug können wir ja verbrennen."

Und so wurde es gemacht. Im Schein des Feuers, an dem die Eltern und die Mädchen Würstchen brieten und Nurmi hoffnungsvoll seine blanke Dackelnase mit dem herrlichen Duft füllte, nahmen die Jungen ihr Haus auseinander und sortierten sorgfältig, was noch verwendbar sei und was das Feuer nähren könnte. Schließlich ließen sie sich ermattet am Feuer nieder, präparierten ihre „Roten" an zugespitzten Stecken, besorgten sich eine Limonade oder einen Schluck Bier und ließen es sich wohl sein wie dazumal die alte Germanen bei Wildschweinbraten und Met. Es knackten die Scheite, Funken stieben zum Sternenhimmel, wenn ein Scheit zusammenbrach oder ein bißchen gestochert wurde. Jemand blies auf der Mundharmonika. Ein schöner Abend. Nurmi hatte den Bauch voll mit Wurstenden, lag friedlich neben den Jungen und döste voller angenehmer Erinnerungen vor sich hin.

Dann aber hob er den Kopf, stellte die Ohren so weit wie möglich hoch, knurrte leise, erhob sich auf seine krummkräftigen Beinchen und rannte bellend dackelgeschwind ins Gebüsch. Es gab ein Rascheln und Zerren, daß Vaterpaul aufstand, um nachzusehen. Im Gebüsch stand ein Halbwüchsiger, vorgeschobene Lippe, herausfordernder Blick, Lederimitations-Jacke.

„Was machst du hier?" fragte Vaterpaul etwas einfallslos.

„Man wird doch noch mal austreten dürfen", sagte der Dunkle mit den Händen in der Tasche. Jeder sah, daß er log.

„Habt ihr kein Klosett zu Hause?" fragte Vaterpaul schlagfertig.

„Manchmal hat man's eilig", parierte der andere.

„Also mach schon, daß du weiterkommst, he!" damit ging Vaterpaul wieder auf seinen Platz zurück. Ihm war unbehaglich. Er sah zu den Jungen hin, aber viel war da nicht zu sehen in dem unsteten Flackerschein des Holzstoßes. Die Jungen hatten gespannt zugesehen. Harald war wie versteinert. Der da im Gebüsch stand, sah gegen den hochgewachsenen Vaterpaul ja klein und etwas mickrig aus, aber es war zweifellos der vom Morgen.

„Was sich hier so rumtreibt..." sagte Vaterpaul und setzte sich wieder. Wohl war ihm nicht. Das hatte doch etwas zu bedeuten. Warum der sich wohl versteckte?

„Schon gut, daß das Haus kein Ziel mehr für solche Typen ist."

An diesem Abend wurde es spät, und beim Zubettgehen gab es keinerlei Zwischenfälle mehr. Alle waren müde, so müde, daß sie sogar am anderen Morgen sehr lange schliefen, jedenfalls die Kinder. Mamalizzi mußte einigemal die große Kuhglocke läuten, bis der letzte am Frühstückstisch erschien. Es gab Bircher Müsli, Toast, Butter, Honig, Tee, weißen Käse und Marmelade. Die Mädchen hatten sich schon ordentlich die Schüsseln gefüllt. Als Jochen sich am Tisch niederließ, in die Schüssel sah und meinte, da wäre aber nur noch arg wenig drin, bezweifelte Mamalizzi das. Aber sie mußte das Quantum in den nächsten Wochen verdoppeln, weil Jochen — und das nicht nur beim Frühstück — einen ungeheuren Appetit entwickelte. Steffi und Dagmar kicherten und beschlossen, Jochen jetzt nur noch „Obelix" zu nennen, und stimmten passend oder unpassend recht häufig das Lied an „Kohldampf muß sein". Jochen störte das wenig.

Das Wetter war nicht gut an diesem Tag. Deshalb blieben die Jungen und Mädchen vorerst in ihren Zimmern. Das Baumhaus fehlte ihnen, sie kamen sich ziellos und verstoßen vor. Der Anblick des formlosen Bretterstapels unterhalb ihres Baumes machte sie schwermütig. Als es Mamalizzi zuviel wurde, daß die Jungen gegen die Mädchen, wechselweise von Nurmis flinken Beinen unterstützt, im Korridor Fußball spielten, schickte sie die Kinder in den Oberkeller, wo eine Art Bastelraum eingerichtet war, ziemlich schmal und keineswegs zum Fußballspielen geeignet. Dafür hatte er andere Vorzüge. „Klasse", sagte Jochen, denn hier durften sogar die Wände bemalt werden. Von der Decke hing ein Seil, etwas übertrieben „Tarzanliane" genannt. Man konnte von der Tür bis zum Fenster und auch auf den Tisch schwingen. Eine Sache, die alle behinderte, wenn mehr als einer im Raum war, und allein machte es ja keinen Spaß. Folglich gab es ein ziemliches Geschubse, was die Mädchen nach kürzester Zeit veranlaßte, das Feld zu räumen. Dafür tauchte nach und nach die ganze Bande auf und überflutete den Raum.

„Laß mich mal ans Seil", sagte Jürgen und wurde vor den Bauch getreten. „Paß doch auf!"

Olaf krabbelte hinter dem Schrank hervor und fragte: „Darf ich mal?"

Olli saß auf dem Schrank und ließ die Beine baumeln. Es machte ihm Spaß, auf diese Weise Kopfnüsse auszuteilen, wenn es seine Beschäftigung, Farbe auf die Heizungsrohre zu pinseln, gerade erlaubte. Ab und zu tröpfelte es rot herunter. Nach einiger Zeit würden alle so aussehen, als hätten sie die Masern. Es war ziemlich laut, weil jeder seine Beschäftigung mit irgendwelchen Erörterungen begleitete, laut seine Gedanken äußerte oder einfach in Töpfen schabte.

„Was machen wir mit den Brettern?" fragte Jürgen. Als keiner eine Antwort gab, wiederholte er seine Frage lauter.

Stefan neben ihm malte Männchen auf die Wand und schlug vor:

„Mer ganget ens Lindethäle ond bauet ebbes Neu's."

„Achim, du verdirbst die ganzen Poster", schimpfte Harald ärgerlich und wollte Achim den Farbtopf entreißen.

„Na, darf man doch hier, oder nicht?"

„Laß doch den Blödsinn! Wie sieht denn das nachher hier aus?!"

„Macht deine Mama wieder sauber", blökte Achimderstarke.

„Das hast du dir aber nur so gedacht!"

In der Tür stand Mamalizzi. Achim guckte auf den Boden und wurde rot.

„Und was ist das für eine Luft hier unten", fuhr Mamalizzi fort. „Mach mal das Fenster auf. Ihr räumt jetzt auf, wischt die Farbe auf, hier steht Putzzeug, bedient euch. Dann geht ihr alle zum Essen, und später sucht euch einen anderen Keller oder geht raus. Mein Lokal ist für heute geschlossen."

„Wir haben doch gerade erst angefangen", maulte Jochen.

„Mein Lieber", sagte Mamalizzi, „wenn ihr nicht immer gleich den vierten Gang nähmet, würde sich niemand aufregen. Wir wohnen hier nicht allein."

Als sie draußen war, ging das Geschimpfe los.

„Du bist schuld..."

„Ihhch?"

Schließlich meinte Jürgen: „Wir gehen zu uns." Denn

auch sie hatten einen Kellerraum nebenan. Dort gab für gewöhnlich Vaterschumacher seinem handwerklichen Drang nach und achtete peinlich darauf, daß hier nicht gespielt, sondern gearbeitet wurde. Aber Holz sägen, Späne zusammenräumen, Nägel geradeschlagen — das war nur ein kurzes Vergnügen; wenn es in Arbeit auszuarten drohte, erinnerten sich die Jungen schnell daran, daß sie ihnen gar nicht aufgetragen wurde.

„Da kommt ja nix bei raus", sagte Olli.

„Nicht mal eine Hundehütte", fand Olaf.

„Hundehütte wär' nicht schlecht", sagte Jürgen, „könnten wir für Nurmi machen."

„Auja", rief Olli begeistert, „wir richten Nurmi ab als Wachhund. Wir legen ihn an eine lange Kette und lassen ihn die Leute verbellen."

„Klasse, machen wir!"

„So'n Blödsinn!"

„Wo ist er überhaupt?"

„Wer?"

„Na, Nurmi natürlich."

Nurmi hatte man im Hausflur vergessen, oder er war auf Erkundungstour gegangen, jedenfalls lag er jetzt zusammengerollt auf der Fußmatte vor der Kellertür und wedelte schwach mit dem Schwanz, als die Tür aufging und die Jungen ihr ganzes Interesse ihm zuwandten. Er schaute mit schiefgelegtem Kopf aufmerksam hoch.

„Ein Dackel an der Kette, so was hab' ich noch nie gehört." Achimderstille sagte selten etwas, was keinen Sinn hatte; deswegen sprach er wesentlich weniger als die anderen.

„Wieso, kann doch auch was tun für sein Fressen..." fand Achimderstarke.

„Da müßte sich direkt der Tierschutz drum kümmern", sagte Stefan. Und auch die andern waren nicht dafür, den Vorschlag aufzugreifen.

„Ja, wenn er ein Schäferhund wäre oder ein Bernhardiner..."

Jochen, der sonst nicht zimperlich war, war auch gegen das Abrichten. Nurmi aber bemerkte, daß es jetzt keine Wurst gab und auch niemand mit ihm vor die Tür ginge, und rollte sich wieder zusammen.

„Wir könnten ja mal ein paar Fallen aufstellen", sagte Stefan, der tatsächlich ein paar alte Drahtfallen in einer Ecke gefunden hatte. „Draußen gibt's genug Ratten."

„Ist dat wahr?" fragte Jochen und dachte sich blitzschnell schon einen schönen Scherz für Mamalizzi und die Mädchen aus.

„Herr Bohle streut doch immer Gift."

„Also, ich hab' noch welche gesehen."

Olaf guckte ängstlich und hätte beinah „Wache" gerufen, überlegte es sich aber anders und entschied:

„Ich geh' zu meiner Mama."

„Quatsch, Olaf, du darfst die Fallen mal anfassen, ja?"

„Nee, ich will nich."

Es war die Sorge, daß Olaf seiner Mutter das Vorhaben berichten könnte, weshalb die Jungen Olaf mit allen Mitteln zu halten versuchten. Erst als zwei einen Kaugummi lockermachten, ließ Olaf sich herab zu bleiben. Er hockte sich neben den Dackel in die offene Tür und beobachtete kauend, wie die Großen emsig die Fallen präparierten.

Am Nachmittag hatten alle Kinder das dringende Bedürfnis, Käse oder Speck zu essen. Die Mütter hatten nichts dagegen, vor allem nicht, wenn sie sich damit für den Nachmittag Ruhe einhandeln konnten. Die Jungen waren sehr beschäftigt, Käse und Speckstücke geschickt in die Fallen zu bringen. Es war ihre Absicht, die scheußlichen Nagetiere lebend zu fangen, zu „Studienzwecken", wie Jochen sagte.

Im Schutz der Dunkelheit und mit einem Gefühl der

Beklemmung machten sich Harald, Jochen, Olli und Jürgen, die beiden Achims und Stefan an die Arbeit. Olaf hatten sie unter einem Vorwand schon nach Hause geschickt, der Kleine könnte ihnen sonst noch die Tour vermasseln. Die Fallen mußten an solchen Plätzen aufgestellt werden, wo ihnen die Nager schon begegnet waren. Da es sich dabei um die dunkelsten und am tiefsten im Gebüsch liegenden Stellen handelte, hatten alle ein komisches Gefühl im Rücken.

Achimderstille blieb etwas zurück und sagte:

„Ja, da hinten ist eine gute Stelle..."

Jürgen meinte hoffnungsvoll:

„Vielleicht sind sie auch schon abgewandert..."

„Na", widersprach Jochen, „woll'n wir doch nicht hoffen..."

„Wann sehn wir nach?" fragte Olli.

„Morgens natürlich, denn sie gehn nachts raus", antwortete Achimderstarke.

„Ich hab' sie am Tage gesehen", erinnerte sich Olli.

„Egal, wir sehen morgens nach."

„Und wenn wir eine haben?" fragte Stefan.

„Dann losen wir, wer sie kriegt", bestimmte Jochen fair.

„Ich will sie nur sehen, haben will ich sie nicht. Meine Mutter wirft mich glatt raus." Für Stefan war die Sache klar.

„Mei Mudder fallt en Ohmacht." Mehr sagte Achimderstille nicht.

„Ich glaube, die sind eklig", vermutete Olli.

„Ich hab' mal einen Film gesehen. Da hat ein einsamer Nachtwächter sich eine Ratte gezähmt. Die war ganz niedlich." Jürgen gewann den Nagern schon zusehends mehr ab.

Harald stimmte zu: „Den hab' ich auch gesehen, aber es war kein Nachtwächter, es war ein Leuchtturmwärter."

Jürgen blieb bei seinem Nachtwächter: „Könnte gut einer gewesen sein, denn die sind auch einsam."
„Aber die haben einen Hund", meinte Achim derstille.
„Vielleicht könnte ich sie zähmen", überlegte Achimderstarke, „wie hat der Nachtwächter das denn gemacht?"
„Weiß nich, hat ihr was zu essen gegeben und so..."
„Was und so?"
„Ich weiß es nich mehr."
„Dann mußt du sie schon mit in dein Zimmer nehmen oder im Keller einsperren und ihr dann immer Futter bringen, bis sie dich kennt", sagte Stefan.
„Mit Futter kann man alle Tiere zähmen", sagte Harald, „im Zirkus machen die das auch so — nur mit Zucker..."
„Und mit der Peitsche, hab' ich selbst gesehen", sagte Olli.
„Ja, auch, aber die halten sie meistens nur so hin, weil das besser aussieht und so schön knallt und die Tiere drauf hören", ergänzte Jürgen.
„Ich hab' von einem Elefanten gehört, der seinen Wärter umgebracht hat, weil er ihn einmal gequält hat. Dabei war der sonst ganz friedlich."
„Der Wärter?" fragte Olli erstaunt.
„Der vielleicht auch, vielleicht hat er nur mal einen großen Spaß gemacht — aber der Elefant hat es für Ernst genommen und ihn totgetreten."
Die Jungen hatten ihr Werk vollendet und standen noch eine Weile herum. Harald wandte sich zur Haustür:
„Ich geh' jetzt rein, komm, Jochen. Mamalizzi will nicht, daß wir so spät mit der Baderei anfangen."
„Also baden", sagte Jochen, „da fällt mir was ein..."
Harald hörte nicht hin, und Jochen sprach nicht weiter, aber offenbar hegte er einen finsteren Plan für den Abschluß des Tages.
Steffi und Dagmar saßen vor dem Fernseher, wo eine Show lief.

„Wart ihr schon im Bad?" fragte Jochen.

„Wir sind fertig." Die Mädchen kuschelten sich tiefer in die Sessel und knabberten noch was Süßes.

„He, Sportsfreunde", rief Vaterpaul vom Schreibtisch her die Jungen an: „Was haltet ihr davon, wenn wir am Wochenende mal ins Grüne fahren?"

„Blaubeeren sammeln?" fragte Harald und hockte sich auf die Sessellehne.

„Dafür ist es noch ein bißchen früh. Aber nachsehen und einen guten Platz suchen können wir. Und dann trinken wir auf Burg Liebenzell mal wieder Äbbelwoi."

„Och, das wäre prima." Die Mädchen hatten die Ohren gespitzt und verließen ihre Show für einen Moment. „Darf Nurmi mit?"

„Na klar, der will doch auch mal einen Hasen schnuppern."

„Hoffentlich bleibt es beim Schnuppern", sagte Mamalizzi, die den letzten Waschaufruf erließ.

„Jochen ist schon fertig, Harald, mach voran."

„Was, schon fertig?" wunderte sich Harald und verschwand im Bad. Er begann laut „My bonny is over the ocean..." zu singen. Baden war seine große Lust. Nicht etwa waschen, nein, aber so drinliegen, tauchen und Blasen machen. Noch ein bißchen mehr Schaum, einsteigen und eintauchen, völlig ungestört unter Wasser gehen.

Was dann passierte, ist nicht so schnell zu beschreiben, wie es abgelaufen ist. Ein durchdringender Schrei aus dem Bad ließ Mamalizzi für den Bruchteil einer Sekunde erstarren und schlug ihr eine Schüssel aus der Hand, die sie gerade in den Spülautomaten stellen wollte. Vaterpaul warf den Schreibtischsessel um und stürzte zur Tür, rüttelte wie verrückt daran und schrie:

„Was ist passiert, Harald, sag was, Herrgott sag was..."

Mamalizzi rannte mit einem Schraubenzieher herbei.

Sie hatte offensichtlich Erfahrung mit abgeschlossenen Türen. Diese Badtüren jedenfalls konnte man von außen mit einem Schraubenzieher öffnen. Vaterpaul hatte die Tür gleich offen, stürzte ins Bad. Ihm folgten Mamalizzi und die erschreckten Mädchen. Da stand Harald erstarrt in der Badewanne und sah ins Wasser.
„Was zum Teufel ist denn los?"
„Warte", sagte Harald leise und deutete mit dem Finger in die Wanne. Er bückte sich und schob mit der Hand vorsichtig den Schaum zur Seite. Alle blickten halb entsetzt, halb verblüfft in die Wanne. Munter, wenn auch für Mamalizzis Kennerblick etwas nervös, schwammen dort ihre roten und schwarzen und schillernden Aquariumfischlein. Mamalizzi bekam kleine Augen, kniff die Lippen zusammen und zeigte überhaupt alle Anzeichen eines aufkommenden Sturmes. Besonders gefährlich war, daß sie erst einmal gar nichts sagte, sondern nur einen Eimer holte, ihn mit Wasser füllte und alle Fische mit dem Netz aus der Wanne zu fischen begann.
„Och", fragten die Mädchen, „dürfen wir das machen?"
Mamalizzi schüttelte den Kopf und fischte weiter. Alle sahen zu.
„Laß jetzt das Wasser ab, Harald", sagte sie dann.
Vaterpaul erwachte aus seiner Verblüffung und wollte zu Jochen ins Zimmer, um einen Erziehungsakt vom Stapel zu lassen. Mamalizzi schob ihn zur Seite und rief mit ganz normaler Stimme:
„Jochen, komm mal bitte."
Erst nach dem dritten Mal kam er schlaftrunken aus dem Jungenzimmer:
„Jahh, was is denn..."
„Komm doch mal her."
„Ich schlafe schon."
„Macht nichts, komm trotzdem."
Jochen torkelte gekonnt und augenreibend ins Bad.

„Was is denn ..." fragte er dringender.
„Steig mal in die Badewanne."
„Wahas?" Jochen war plötzlich ganz wach, wagte dem Blick von Mamalizzi aber nicht zu widerstehen und stieg in die Wanne.
„Zieh die Jacke aus ... los! Zieh sie aus!"
Jochen zog die Jacke aus. Mamalizzi nahm ihren Eimer und goß ihn blitzschnell über Jochen, der zu schreien anfing wie seinerzeit der, der auszog das Fürchten zu lernen.

Mamalizzi stellte den Eimer ab, reichte Jochen die Hand, um ihm aus der Wanne zu helfen, sammelte ihre Fische wieder ein und lachte. Alle lachten und bogen sich geradezu vor Lachen. Selbst Jochen, dem erst gar nicht danach war, fing dann an zu lachen und hüpfte wie ein Irrer herum, als er merkte, daß noch ein Fisch in seiner Schlafanzughose hängengeblieben war.

Die Fische überlebten diese Prozedur erstaunlicherweise. Jedenfalls in den nächsten Tagen gab es keine Toten im Aquarium, was Mamalizzis Stimmung in Richtung Jochen sichtlich guttat. Der schüttelte sich ab und zu heimlich in Erinnerung an den Fischguß und würdigte das Aquarium keines Blickes mehr.

Dagmar und Steffi sahen interessiert zu, wie die Jungen sich anderntags mit dem Untergestell eines ausgedienten Kinderwagens bewaffneten und auf die Baumhaus-Wiese zogen.
„Ich wette, die ziehen um", sagte Dagmar.
„Wo sollen sie denn hin mit dem ganzen Zeug?" meinte Steffi, und die Vorstellung, daß das neue Lager außerhalb sein sollte, wo man nicht mal eben hingehen könnte, gefiel ihr gar nicht. Spielte sie auch nicht mit den Jungen im Lager, so war sie doch hin und wieder dort zu Besuch, besonders, wenn Dagmar nicht da war.

Die Mädchen hockten im Baum und beobachteten, wie die Jungen die Bretter aufluden, alles mit Kordel festmachten und unter Zurufen, Schieben, Ziehen und Fluchen — wie das echte Fuhrleute tun — über den holprigen Feldweg hinter den Häusern in Richtung Lindenthal abzogen. Ein Stück liefen sie hinterher, zogen es dann aber vor, sich an den Feldrain zu setzen und die Käfer im Gras zu beobachten. Aber das wurde bald langweilig, und sie schlenderten zum Baum zurück. Während sie noch überlegten, ob sie aus dem Baum irgend etwas für sich machen könnten, kamen Anja und Ingrid über die Wiese gerannt.

„Wir haben was gefunden..." rief Anja, die kleine Brünette mit dem wehenden Pferdeschwanz.

„Kommt schnell mal mit." Ingrid fuchtelte aufgeregt mit den vollen runden Armen herum, und ihre blitzblauen Augen in dem rotbackigen Gesicht unter dem krausen Haarkrönchen leuchteten. Zu viert rannten sie zur Straße, hinüber zu dem kleinen Haus, wo der singende Bahnschaffner wohnte. Er stand in seinem Garten und schaukelte seine Enkelchen. Natürlich sang er sein Lieblingslied „Auf der schwäbschen Eisenbahne" und war gerade da angekommen, wo der Bauer sich über die schlechte Bedienung seiner Ziege beschwert. Vor seinem Zaun hockten ein paar Buben und Mädchen.

„Ich seh' nichts", sagte Dagmar enttäuscht.

Er ist in dem Schlitz zwischen den Steinen..." sagte Anja, und alle sahen auf den Schlitz, wo nichts weiter zu sehen war.

„Er hat gar nichts an..." bedauerte ein kleiner Bub den Versteckten.

„Jo, was gibt's denn do z' sehet?" kam der Schaffner heran.

„Och, bloß en Spatze..." antwortete ein Mädchen.

„Als ob ich nicht schon Spatzen gesehen hätte..." Dagmar schob die Lippe vor und wollte wieder gehen.

„Der ist aber noch ganz klein", sagte Anja erklärend, und Ingrid fügte mitleidig hinzu:

„Der kann nicht fliegen und nichts zu essen finden, aber meine Mutter will den nicht haben..."

Steffi schaute auf. Komisch, hier war gar kein Baum. Wie war er denn hierher gekommen?

„Er hat sich versteckt." Sie schob ihre kleine Hand in den Schlitz, fühlte etwas Winzig-Weiches, umfaßte es vorsichtig und zog die Hand wieder heraus. Damit das Vögelchen nicht in seiner Angst entschlüpfe, legte sie die zweite Hand wie eine Höhlendecke über die erste und schaute durch die Finger hinein. Da saß er, winzig, fast nackt, mit einem viel zu großen Schnabel, der sich gleich öffnete. Ein jämmerliches Piepsen kam heraus, daß Steffi ganz traurig zumute wurde, weil sie nichts hatte, was sie hätte hineinstopfen können. Die Kinder wollten den Findling sehen. Der Straßenbahnschaffner sagte mit gesenkter Stimme:

„Zoig mol här", und als Steffi ihn in die Hand schauen ließ, meinte er bekümmert:

„Den kriegst net durch, der isch zu kloi... i han au amol en Star g'het, der so kloi war, der isch mer eigange..."

Gut, daß er das gesagt hatte, Steffi war jetzt fest entschlossen, den Spatzen durchzubringen.

„Ich geh' zu meiner Mutter", sagte sie und war schon weg. Dagmar, Anja und Ingrid rannten hinterher. Der Straßenbahnschaffner sang ein neues Lied, „Kam ein Vogel geflogen", und schaukelte seine Zwillinge.

Mamalizzi war gerade beim Kuchenbacken. Sie schaute sich das Spätzchen an und sagte:

„So einen kleinen Spatzen wollte ich auch immer finden, als ich so alt war wie ihr. Moment mal, was geben wir dem zu fressen... Eigelb, Haferflocken, Milch, Hackfleisch, einen Brei müssen wir machen. Auf dem Balkon ist doch noch das Vogelnest, das du gefunden hast..."

„Das hab' ich doch mit in die Schule genommen..." widersprach Steffi kummervoll.

„Hol ein Paar dicke Socken von dir, und dann brauchen wir einen Pappkarton aus dem Keller."

Die Mädchen besorgten alles. Mamalizzi hatte einen festen Brei gerührt, nahm ein Streichholz, köpfte es und steckte es in den Brei: „Wenn Chinesen mit Stäbchen essen können, kann ich auch einen Vogel damit füttern, oder?"

Und Mamalizzi guckte gespannt, was der Spatz machen würde. Es ging. Der Spatz bekam zwar nicht viel mit dem Hölzchen, und einiges fiel auch daneben, aber sein großer Hunger wurde doch etwas kleiner.

„Is' der süß", sagten die Mädchen.

„Dürfen wir auch mal füttern?"

„Klar, das macht ihr am besten von jetzt an allein, denn ich habe nicht soviel Zeit. Aber jetzt muß er schlafen."

Sie tauften das Vöglein „Fips" und setzten ihn in die aufgerollte Socke, diese in den Pappkarton und den wiederum in das Zimmer der Mädchen. Fips schlief in seiner warmen Höhle sofort. Die Mädchen schauten noch eine Weile ehrfürchtig in das „Nest", fingen dann aber an zu toben, und beinah wäre Ingrid in den Karton gefallen. Steffi nahm ihn und brachte ihn in die Küche zurück.

„Nimm du ihn", sagte sie.

„Aha, habt ihr schon genug?" fragte Mamalizzi. Sie sah in den Karton und freute sich über das atmende Bällchen.

„Seht zu, daß ihr irgendwo Regenwürmer findet oder Mücken oder so, damit Fips nicht verhungert", lachte sie und schob die Mädchen aus der Tür.

„Regenwürmer, iii", sagte Steffi, „das kann ich nicht."

„Können wir Jochen sagen, der hat manchmal sogar welche in der Hosentasche", meinte Dagmar.

„Mücken können wir sammeln, ich hab' eine Dose." Ingrid zog eine Streichholzschachtel hervor, in der schon ein paar Fliegen lagen, die sie Achimdemstarken, der ihr großer Bruder war, für sein Terrarium gesammelt hatte. Am Abend brachten sie tatsächlich eine Schachtel voll Insekten an, und Mamalizzi versprach auch, sie später zu „verarbeiten", um den Mädchen nicht die Freude an ihrer erfolgreichen Jagd zu nehmen. Als Vaterpaul der Fütterung zusah, fragte er, warum man keine Tortenspritze verwende. Die Idee war so gut, daß das Füttern nun kein Problem mehr darstellte — es ging damit so schnell, als ob die Vogelmutter selbst den Nestling damit vollstopfe.

Die Jungen sahen sich den Spatzen auch an. Jochen fand ihn doof. Harald war entzückt, denn er liebte Vögel jeder Art sehr.

„Den können wir doch zähmen", meinte er.

„Da ist nicht viel zu zähmen", meinte Vaterpaul. „Wenn ihr ihn großzieht, dann frißt er euch sowieso aus der Hand, weil er euch für die Mutter hält."

„Ich hab's ja gleich gesagt, so'n Vogel ist doch ganz schön doof", sagte Jochen.

„Wenn wir ihn durchbringen, dann gehört er ins Freie", bestimmte Mamalizzi.

„Ich bleibe am Wochenende freiwillig zu Hause, er muß doch Futter haben." Steffi betrachtete ihren Fips liebevoll.

„Typisch opferbereite Mutter", lästerte Jochen.

Vaterpaul entschied anders:

„Das wird nicht nötig sein. Er wird vorher tüchtig gefüttert, dann kann er es mal ein paar Stunden so aushalten, damit wir zu unserem Äbbelwoi kommen."

„Ich weiß nicht", sagte Steffi zweifelnd.

„Warten wir mal ab, Sonntag ist erst übermorgen."

„Ich kann auch Anja fragen, ob sie Fips für den Sonntag nimmt", schlug Steffi vor.

„Habt ihr euer Haus wieder aufgebaut?" fragte Dagmar völlig unvermittelt.

„Klar", antwortete Jochen.

„Wir sind noch nicht fertig", schränkte Harald ein.
„Wieso aufgebaut?" Mamalizzi war gerade auf dem Weg ins Wohnzimmer und blieb in der Tür stehen. „Ich dachte, die Sache mit dem Haus wäre zu Ende?"
Jochen stieß Harald ganz nebenbei in den Rücken, das half aber nicht, er verstand die Botschaft nicht.
„Wir sind im Lindenthal", erklärte er.
„Das ist aber ziemlich weit weg", fand Mamalizzi, und Vaterpaul ergänzte:
„Außerdem könnte das Ärger mit dem Förster geben, wenn ihr Schaden anrichtet."
„Och, glaub' ich nicht", meinte Harald, „wir haben die Bretter fast gar nicht gebraucht."
Mamalizzi und Vaterpaul besprachen die Sache später, als die Kinder außer Reichweite waren. Sie beschlossen, das Forstamt anzurufen und mal nachzuhören. Wie sich herausstellte, hatte das Forstamt wirklich etwas dagegen, daß die Jungen im Lindenthal ihr Haus aufstellen wollten oder schon aufgestellt hatten — aber das brauchte man ja nicht gleich auszuposaunen.
„Wenn do jetzt jeder käm' ond sei Häusle aufstelle dät", meinte der Mann am Telefon.
Der Mann hatte recht, und die Kinder wurden angewiesen, kein Werkzeug wie Sägen, Hämmer, Beile und Nägel zu benutzen. Es durfte nur mit trockenem Gehölz gebaut werden. Als sie das hörten, gab es Streit.
Jochen sagte zu Harald: „Du bist ganz schön blöd. Warum erzählst du auch alles..."
Harald schoß zurück: „Hättest du deinen Mund auch so weit aufgerissen, wenn die vom Forstamt mal zufällig vorbeigekommen wären?"
„Die? Die lassen sich doch niemals da sehen!"
„Das meinst du aber nur." Jürgen kannte die Leute von der Forstverwaltung, die wohnten oben am Bärenschloß und fuhren immer mit den Motorrädern herum.

Harald schlug vor: "Das mit dem Haus klappt sowieso nicht mehr. Wir könnten eine Hütte bauen aus Palisaden, Stöcken, richtig mit Bast oder Grashalmen verbunden, ohne Nägel. Das macht außerdem keinen Krach im Wald und lockt nicht alle Leute an."

"Wir bauen ein Fort", sagte Olli und wollte gleich anfangen.

"Auja, machen wir", echote Jürgen.

"Darf ich mit?" fragte Olaf.

"Klar, dann spielen wir Indianer und Cowboy", erweiterte Stefan den Plan.

"Besser Indianer und Trapper", schlug Achimderstille vor, "das paßt in den Wald, und Kühe haben wir sowieso nicht."

"Quatsch, Kühe", machte Achimderstarke, "die Kühe sind doch sowieso immer Nebensache, da kann man doch drauf verzichten."

"Ich bin Trapper, ich hab' noch was vom Fasching", begeisterte sich Olaf und lief sofort nach Hause, um die Sachen zu holen.

"Erst mal müssen wir alles runterreißen, was wir aufgebaut haben", bestimmte Achimderstarke, und alle machten sich auf den Weg ins Lindenthal und an die Arbeit.

Arbeit konnte man das kaum nennen, denn die Jungen hatten beim Abreißen mehr Spaß als beim Aufbauen. Da konnten sie sich so richtig austoben und herzhaft etwas zusammenschlagen oder herunterreißen, miteinander rangeln und sich anrempeln, ohne in Streit zu geraten. Sie beluden ihr Kinderwagengestell und brachten das Holz an den Waldrand zum Bach, wo eine Feuerstelle war. Das würde mal ein warmer Abend werden.

"Wir haben vergessen, nach den Ratten zu gucken", fiel es plötzlich Achimdemstillen ein. Tatsächlich, daran hatte am Morgen keiner mehr gedacht. Na, das ließe sich ja nachholen. Sie machten sich auf den Heimweg und radelten gemächlich zwischen der großen Wiese und dem jenseits des Weges liegenden, von hohen Bäumen bestandenen Park-Friedhof entlang in Richtung Wolfbusch. Nurmi raste bellend voraus, hinterher klapperte das leere Kinderwagen-Untergestell. An den Kirschbaumplantagen machten sie halt und angelten sich erst mal eine Ladung Sauerkirschen über den Zaun. Nurmi war beleidigt, weil ihm das saure Zeug nicht schmeckte, und machte sich allein auf den Heimweg.

Sie hatten gerade ihre Räder abgestellt und wollten auf Fallenschau gehen, da öffnete sich die Haustür, und Herr Schmittvonganzoben und seines Zeichens Vater von Stefan trat heraus:

„Des mißt doch ihr g'wäse sei! Wer zum Donnerwedder hot euch des ei'blose, die Ratte mit dem windige Drahtzeug z' fanget?"

Die Jungen guckten verblüfft. Vaterschmitt streckte seinen rechten Fuß vor. Der Fuß steckte in einem Turnschuh und der Turnschuh wiederum in einer wohlpräparierten Falle. Vaterschmitt war nicht besonders ärgerlich, gab sich allerdings so einen Anschein. Stefan guckte betreten, denn schließlich hatte er die Fallen gefunden. Harald fing aber an zu kichern, und dann lachte der ganze Verein. Ein paar Mütter und Väter kamen dazu, Herr Bohle fuhr mit dem Rasenmäher vorbei und schmunzelte. Ihm sollte es ja nur recht sein, wenn er freiwillige Helfer hatte.

Abends im Bett rätselte Harald dann herum:

„Ich möchte mal wissen, was Herr Schmitt an so einer dunklen Ecke gemacht hat..."

Picknick mit Hindernissen

Mamalizzi hatte einen Wecker eingebaut bekommen, als sie erschaffen wurde. Sie wachte immer oder fast immer zur richtigen Zeit auf. Auch am Sonntagmorgen, wenn man eigentlich ausschlafen konnte. An diesem Sonntag allerdings sollte ja früh zum Abmarsch geblasen werden, weil man einen langen Tag auskosten wollte. Also nichts mit Ausschlafen, und so stand der Wecker in Mamalizzi auf 6 Uhr 30, und sie stand auch kurz danach auf. Im Bad fiel ihr der Schraubverschluß der Zahnpastatube in den Abfluß, was sie ärgerte, denn die Zahnpasta würde nun austrocknen. Sie fand auch eine bestimmte Haarspange nicht, die sie immer brauchte, um sich ihr langes Haar hochzustecken. Als sie feststellte, daß die roten Kniestrümpfe in der Wäsche waren, merkte sie, daß dieses einer von den Tagen war, wo man sich — wie sie zu sagen pflegte — besser ins Bett legte und ihn vorübergehen ließ. Schließlich weckte sie Vaterpaul und die Kinder. Den Hund brauchte man nie zu wecken, der kam mit dem ersten, der sich blicken ließ, aus seiner Ecke und fing an, sich unnützlich zu machen. Er verschleppte Schuhe und Socken, was an diesem Morgen besonders unerwünscht war. Mamalizzi stolperte prompt über ihn, wie er mit Jochens Turnschuhen angerast kam und auch in die Küche wollte. Die Milch schwappte über, der Dackel bekam sie ab, was er deshalb übelnahm, weil sie heiß war. Dann stand Vaterpaul im Flur und rief:

„Willst du mich vielleicht so gehen lassen?"

Er hatte Mamalizzi die Rückseite zugekehrt und demonstrierte mit gespreizten Beinen die lange offene Naht an seinen Bundhosen.

„Zieh doch was anderes an", sagte Mamalizzi verdrießlich.

„Die Jeans sind schmutzig vom Lagerfeuer."

„Also gut, ich werde die Naht nähen. Im Auto, sonst verlieren wir zuviel Zeit. Kommt jetzt frühstücken."

„Ich finde meine karierte Bluse nicht, und Dagmar liegt noch im Bett und schläft", kam Steffi an.

„Jochen hat sich im Bad eingesperrt; ich kann mir nicht die Zähne putzen", hatte Harald zu melden.
„Ist mir egal. Kommt jetzt frühstücken. Und wer nicht fertig ist, bleibt eben hier."
Erstaunlicherweise saßen fünf Minuten später alle am Tisch und waren sogar gewaschen und angezogen. Danach hatte Mamalizzi alle Hände voll zu tun, die Kinder dazu zu bringen, etwas Nützliches zu tun, statt herumzurennen, den Hund zu necken und im Weg zu stehen. „Macht eure Betten, räumt den Tisch ab. Die Sachen an der Tür müssen alle ins Auto."
Jochen und Harald sahen sich die Sachen an: Grillgerät, Eimerchen für Blaubeeren, Picknickkoffer, Klappstühle und Tischchen, Jacken und Pullover.
„Wo nur immer das ganze Zeug herkommt..." wunderte sich Harald. „Für die paar Stunden..."
„Seht zu, daß ihr, bevor wir gehen, alle Fenster schließt für den Fall, daß ein Gewitter kommt. Und dreht die Wasserhähne ab und macht das Licht im Bad aus."
Weil der VW zu klein war, hatte Vaterpaul ausnahmsweise seinen Firmenwagen für die Fahrt ins Grüne genommen. Es war trotzdem ein bißchen eng mit vier Kindern und einem zapplig-kribbligen Vierbeiner, der keinen rechten Platz fand, sooft er sich auch drehte und drehte. Mamalizzi erinnerte sich, daß sie den Fischen kein Futter gegeben hatte, ließ es aber dabei. Die würden bis zum Abend schon nicht verhungern. Die Kinder rückten und drückten und konnten nicht zur Ruhe kommen auf ihrem Hintersitz. Der Hund ergriff die Flucht und sprang zu Vaterpaul auf den Schoß. Der fuhr zusammen, Mamalizzi stach sich in den Finger — sie war schon dabei, die Hose zu nähen. Gleich würde sie durch die Decke gehen und sich „ins Bett legen". Aber sie atmete einmal tief durch und sagte gar nichts. Vaterpaul ergriff den Hund und setzte ihn vor die Tür. Schlug die Tür zu und fuhr an.

Da wurde Jochen wach und schrie:
„He, halt, halt, Nurmi ist noch draußen..."
Nurmi rannte wie verrückt hinter dem Wagen her und bellte entrüstet. Vaterpaul hielt an, Jochen nahm den Hund herein, und bevor nicht vollkommene Ruhe hinten war, verschränkte Vaterpaul einfach die Arme und lehnte sich nach hinten, bereit, ein Schläfchen zu machen.

Er startete und fuhr wieder an. Da rief Steffi erschreckt: „Der Fips, der Fips hat nichts zu fressen bekommen!" Vaterpaul rollte die Augen.

Mamalizzi aber sagte ruhig: „Er hat!"

Steffi lehnte sich zu ihr nach vorn, küßte sie, wohin es gerade traf: „Danke, Mami."

Mamalizzi nähte die Naht zu Ende und mußte plötzlich schrecklich lachen.

„Weißt du noch", sagte sie zu Vaterpaul, „wie wir mal zu einer Konfirmation eingeladen waren und ich auf der Fahrt zur Kirche Markus' Hosen kürzer genäht habe?"

„Schöner war ja noch, als wir mal ausgehen wollten und du dir unterwegs noch die Nägel lackiert hast."

„Daran kann ich mich gar nicht erinnern."

„Da waren wir auch noch nicht verheiratet. Und ausgegangen sind wir auch nicht, weil du dir den Nagellack auf das Kleid geschüttet hast. Es wurde trotzdem ein sehr schöner Abend." Vaterpaul lächelte in angenehmer Erinnerung.

„Ein Eichhörnchen, paß auf!" schrie Steffi und erschreckte Vaterpaul so sehr, daß er aus seiner angenehmen Erinnerung unsanft auffuhr, ruckartig bremste und der Wagen einen kräftigen Ruck zur Seite machte.

Die Kinder flogen nach vorn, Dackel Nurmi von Dagmars Schoß zwischen die Sitze, und Mamalizzi stieß sich den Kopf an der Scheibe, weil sie während des Nähens die Haltegurte nicht angelegt hatte. Auf dem nächsten Weg stieg Vaterpaul aus und mußte sich erst einmal erholen.

Er sagte die ganze Zeit kein Wort, und Steffi hätte am liebsten geweint. Sie ging zu ihrem Vater und schob ihm die Hand unter den Arm.
„Tut mir leid, Papi. Aber ich wollte doch nicht..."
„Mach das nie wieder, Steffi. Ein Eichhörnchen — gut und schön. Aber ein Unfall mit unserem Wagen — das ist die Sache nicht wert."

Bald darauf fuhren sie die Kurven hinunter nach Bad Liebenzell und auf der anderen Seite wieder den Berg hinauf, wo die Burg stand, in der sie auf der Rückfahrt Äbbelwoi trinken würden. Sie fuhren hoch in den Wald hinein und fanden einen schönen Platz, stellten den Wagen auf einem breiten Waldweg kurz hinter den Feldern ab und schwärmten in den Wald hinein.
„Picknicken tun wir später. Nimm du den Wagenschlüssel, meine Taschen sind zu klein, ich könnte ihn verlieren", sagte Vaterpaul.
„Ach nein, behalt ihn, meine Taschen sind auch nicht größer", lehnte Mamalizzi ab.
„Ich kann ihn ja nehmen", bot Steffi an, aber das war Vaterpaul zu riskant.
„Gehn wir erst mal sehen, wie die Blaubeeren stehen", dichtete Vaterpaul rein zufällig.
Mamalizzi setzte fort: „Hoffentlich können wir uns bükken und viele Beeren pflücken."
Alle entdeckten ihre dichterische Ader, und es wurde fast eine Oper, denn Harald sang seinen Beitrag:
„Wir finden sie zuhauf und essen alle auf..."
„Beerensammeln ist ein schöner Sport an einem saft'gen Beerenort", brummte Jochen mit einem Ansatz von Stimmbruch.
„Wenn ihr hier noch lange dichtet, hat der Reichtum sich gelichtet", zwitscherten Dagmar und Steffi im Duett und verschwanden zwischen den sehr hohen Büschen. Der

Wald erschien ihnen herrlich, duftend, kein bißchen unheimlich und so schön verwildert. Es roch gut, und die Bienen summten. Warme Sonne war über dem Land.
„Ziemlich viele Bienen", sagte Dagmar.
„Hier muß ein Nest sein..."
„Quatsch, Bienen bauen keine Nester."
„Weiß ich, sagt man doch aber so."
„Gehn wir mal nachsehen?"
Sie fanden eine ganze Reihe von Häuserchen mit bunten Türen, wo es summte und surrte und bienenemsig gearbeitet wurde. Sie fanden auch Jochen, der dort gemütlich in der Sonne lag und vor sich hin duselte. Sein Eimerchen war leer, die Beeren hatte er gefrühstückt.
„Ich hab' nur mal probiert, da waren sie weg", entschuldigte er sich bei Mamalizzi, die die Beute abschätzte:
„Ein Kuchen und zwei Gläser Marmelade."
Es wurde zum Picknick gehupt, gerade als Dagmar auf eine Biene trat und schrecklich zu schreien anfing. Alle rannten herbei, Mamalizzi hätte fast die Beeren verschüttet. Sie warf alles in den offenen Kofferraum und lief zu Dagmar, die hysterisch auf einem Bein herumhopste. Vaterpaul trug sie zum Wagen und legte sie auf den Rücksitz. Während Mamalizzi Dagmar durch die eine Tür beruhigte, machte Vaterpaul sich durch die andere Tür an das schwere Werk, den Stachel aus dem Fuß zu entfernen. Glücklicherweise hatte Mamalizzi in ihrem Nähtäschchen Nadeln. Das Feuer im Grill war auch schon in Gang, so daß eine Nadel vorschriftsmäßig und mit tiefer Genugtuung von Jochen abgebrannt werden konnte. Ihm schien Dagmar nicht ein bißchen leid zu tun, dabei war sie so kitzlig unter den Füßen. Vaterpaul machte den Eindruck eines geübten Chirurgen, der es als seine Aufgabe betrachtete, seinen Patienten herzhaft zu ermuntern:
„Also, meine liebe gnädige Frau", sagte er mit tiefer gedehnter Stimme, „jetzt wollen wir uns mal das zu am-

putierende Bein ansehen, ja, ich sehe schon, das muß weg! Moment, das haben wir gleich, und in wenigen Minuten werden Sie wieder Polka tanzen."

Vaterpaul war gut für so etwas. Er kriegte den Stachel heraus. Dann war es aber noch nichts mit der Polka, weil Dagmars Fuß ziemlich anschwoll. Trotzdem lachte sie und ging auf den Spaß ein:

„Ich werde Sie verklagen, Herr Professor, weil ich noch nicht Tango tanzen kann."

„Polka, meine Liebe, von Polka war die Rede, nicht von Tango, vergessen Sie das bei Ihrer Beschwerde nicht", näselte der Professor beleidigt und eigensinnig.

Jochen konnte sich endlich seinem liebsten Geschäft hingeben: abwarten, bis Glut im Grill entstanden war, ein bißchen stochern, ein bißchen nachlegen, dann braten, grillen und alles aufessen. Es gab Koteletts, Kartoffelsalat, Milch und Malzbier, Brot und hinterher Kuchen und Äpfel. Nurmi bekam eine extra lange Frankfurter, weil er keinen Hasen gefangen hatte. Als dann ein Forstgehilfe des Weges kam, mußte der Ärmste an die Leine, was ihm großes Unbehagen verschaffte und weswegen er vorher noch schnell dem Forstgehilfen an die Hose ging. Der schien aber selbst ein Hundefreund zu sein, denn er verpaßte Nurmi weder einen Fußtritt noch Vaterpaul eine Rechnung für den Dreiangel.

Der Grill wurde vorschriftsmäßig gelöscht, die Reste verschwanden im Picknickkoffer und alles Mobilar im Kofferraum.

„Jetzt machen wir noch einen Spaziergang und suchen eine schöne Wurzel fürs Aquarium, und dann fahren wir nach Burg Liebenzell zum Äbbelwoi."

Vaterpaul und Mamalizzi hakten Dagmar ein, damit sie mithumpeln konnte. Alle schienen trotz allem recht zufrieden. Die Jungen krochen noch ein bißchen ins Gebüsch, erkletterten ein paar Bäume und fochten einen Kampf mit

Stecken aus. Steffi fand eine Wurzel und eine Blaubeerstelle, die sehr fündig war. Man aß, was man pflückte.

„Ich muß mal", sagte Dagmar.

„Ich glaube, ich auch", fiel Steffi ein.

„So was macht Schule", fand Vaterpaul, „also, ab nach Liebenzell, ich habe Durst auf Äbbelwoi!"

Alle hatten Durst und wollten so schnell wie möglich zur Burg. Alle saßen im Auto, alles war verstaut, Vaterpaul saß am Steuer. Er hielt die Hand auf:

„Gib mir den Autoschlüssel..."

„Ich", fragte Mamalizzi, „ich hab' ihn doch nicht, du hast ihn, oder Steffi, hast du ihn?"

Alle stiegen wieder aus und suchten ihre Taschen durch. Dagmar durfte sitzen bleiben. Sie konnte den Schlüssel sowieso nicht haben, der mußte ja noch vor dem Bienenstich weggekommen sein. Auf einem traurigen Häufchen lagen da Tannennadeln, Ästchen, Bonbonpapier, Bindfaden, Taschentücher und ein paar Kaugummis.

„Wir haben doch den Wagen aufgeschlossen, da war der Schlüssel also noch da..."

„Sieh nach, ob der Kofferraum offen ist..."

„Nein, der ist zu, steht auf ‚gesperrt'."

„Lieber Himmel, meine Handtasche, wo ist meine Handtasche? Ich muß sie bei dem Bienenstich, ich meine, ich muß sie dahinein gelegt haben, als Dagmar..."

Mamalizzi war ganz verzweifelt:

„Sie wird im Kofferraum sein, und der ist zu."

„Vielleicht ist sie im Kofferraum", sagte Vaterpaul, „aber ob auch der Schlüssel drin ist..."

„Ich kann mich gar nicht daran erinnern..."

Mamalizzi war zerknirscht. Ein Spaziergänger kam vorbei. Besah sich die Sucherei ungerührt und meinte dann:

„Es gibt Autos, da kann man den Hintersitz herausnehmen und von dort in den Kofferraum. Ein Kind von vier, fünf Jahren könnte man da durchkriechen lassen..."

„Haben wir aber nicht..." Vaterpaul hatte schon angefangen, den Hintersitz herauszumontieren. Um nicht tatenlos herumzustehen, kroch Mamalizzi nochmals um das Auto, in der Hoffnung, den Schlüssel zu finden. Und hinter dem Rücksitz war auch nur eine geschlossene Karosserie.

„Blöde Konstruktion", knirschte Vaterpaul, baute wieder ein und richtete sich dann entschlossen auf:

„Ich fahre per Anhalter nach Hause und hole den Ersatzschlüssel."

„Aber das dauert ja endlos", wagte Steffi zu sagen.

„Wir können ja schieben", meinte Dagmar ernsthaft.

„Du meinst wohl, du willst dich von uns schieben lassen", entgegnete ihr Bruder mit einem Blick auf ihren geschwollenen Fuß.

„... oder ziehen, Bindfaden haben wir und den Nurmi", witzelte Harald, dem man nicht anmerken sollte, wie elend ihm zumute war. Er erinnerte sich daran, wie er als kleiner Junge einmal mit dem Vater in ein Sumpfloch geraten war und geglaubt hatte, daß er nun erfrieren und verhungern müsse, weil sie da nie mehr herauskommen würden.

Vaterpaul und Mamalizzi berieten sich kurz:

„Wir könnten jemanden anrufen, ob er uns den Ersatzschlüssel bringt..."

„Wie kommt er rein?"

„Schumachers haben unseren Hausschlüssel."

„Aber die sind in die Alb gefahren."

„Du müßtest mal telefonieren..."

„Gut, da unten ist ein Gasthaus."

„Darf ich mit?" fragte Harald.

„O ja, ich auch..."

Alle wollten mit, einschließlich Nurmi.

„Also das geht nicht, Dagmar hinkt, der Hund beißt vielleicht wieder den Förster. Geht solange spazieren, sammelt Beeren oder geht später ins Gasthaus, wenn es dunkel wird."

„Schrecklich, jetzt hast du schon den Förster gebissen, dabei war es nur der Gehilfe..." klagte Dagmar und streichelte den Geschmähten.

„Bei so was wird immer übertrieben", sagte Jochen.

„Aha", forderte Dagmar ihn heraus, „das habt ihr sicher auch ganz schön gemacht, ihr mit euren Rockern aus dem Wolfbusch."

„Wie kommst du denn da drauf?"

Mamalizzi hatte andere Sorgen:

„Vielleicht solltest du die Jungen mitnehmen, so allein als Anhalter... Man liest soviel in den Zeitungen, wo..." Sie wollte nicht deutlicher werden und merkte, daß sie psychologisch ganz danebenlag.

„Und wir", protestierte Dagmar.

„Wir", ergänzte Steffi entrüstet, „haben überhaupt keinen Mann mehr, der uns beschützen kann."

„Ihr habt den Hund." Jochen war schon unterwegs. Für ihn war die Sache klar. Er war auf der interessanteren Seite. Anhalter wollte er schon immer mal machen. Mamalizzi sah die Männer bekümmert ziehen.

„Füttert den Fips bitte, wenn ihr zu Hause seid", rief Steffi ihnen nach.

„Und die Fische", fügte Mamalizzi hinzu.

Lieber Himmel, das konnte ein langer Abend werden. Mamalizzi gab sich zuversichtlich. Abends — und wenn es noch so spät sein würde — lägen schließlich alle in ihren Betten. Sie spielte mit den Mädchen auf einem Stoppelfeld Fangen. Dann gemeinsam mit Nurmi Verstecken. Zwischendurch setzten sie sich auf die Bank am Waldrand und sahen immer häufiger auf die Uhr.

Vaterpaul und die Jungen aber hatten Anhalterglück. Ein kleiner Laster nahm sie mit, nachdem Vaterpaul an einer Tankstelle seine Geschichte erzählt hatte. Die Jungen durften hinten sitzen und fanden den ungemütlichen, holprigen Aufenthalt zwischen Kisten und Kasten höchst amüsant. Der Fahrer war ein Kundendienstler, der in Stuttgart eine dringende Reparatur hatte und deshalb auch am Sonntag unterwegs war. Er hatte ein ziemlich altes Auto, dem manchmal die Luft ausging oder besser: das Wasser. Alle naslang wurde angehalten und aus einem Kanister Wasser nachgeschüttet.

„Ziemlich altes Modell", fand Jochen.

„Machen Sie das schon lange so?" fragte Vaterpaul.

Der Mann wischte sich den Schweiß von der Stirn und schüttete Wasser nach.

„Wissen Sie, einem geschenkten Gaul guckt man nicht ins Maul — ich mache diese Touren sozusagen auf Privatbasis."

„Na, vielleicht sollten Sie doch mal in eine Werkstatt gehen..."

„Das kann auf die Dauer ja kein Mensch bezahlen, wissen Sie, dann bleibt mir ja nix mehr übrig..."

„Bis Sie mal auf der Strecke bleiben", prophezeite Harald.

„Da hab' ich bisher immer Glück gehabt", schmunzelte der Mann, „ich nehm' gern Anhalter mit, die können immer schieben helfen."

Witzbold, dachte Vaterpaul.

„Nach dem Motto: besser schlecht gefahren als gut gelaufen", quittierte Jochen treffend.

Zweimal mußte der Mann auch ein Bier trinken. Er war offenbar ebenso ausgetrocknet wie sein Auto. Vaterpaul träumte in der Verschnaufpause von einem pfeilschnellen Manta wie von der Taube auf dem Dach. Der Spatz in der Hand aber, das heißt der nette Mann auf Privatgeschäftstour, brachte ihn und die Jungen bis vor die Haustür.

Vaterpaul setzte sich in seinen alten VW und wollte schon von dannen stieben, da riefen die Jungen:

„Halt, halt, die Autoschlüssel!"

„Das hätte gerade noch gefehlt." Vaterpaul war dankbar.

Jochen und Harald sahen dem Käfer nach. Am liebsten wären sie wieder mitgefahren. Sie wußten nicht recht, was sie mit der Freiheit anfangen sollten. Von der Bande war niemand zu sehen.

„Wir klingeln mal, vielleicht sind sie drin..."

„Glaub' ich nicht, die hätten uns längst gesehen."

„Wir können ja fernsehen", meinte Harald.

„Das kann ich zu Hause immer. Und da sogar in Farbe..." witzelte Jochen.

„Jetzt müssen wir erst mal den Fips füttern."

Fips verschlang große Mengen, schrie aber zu kräftig, als daß man ihn für halbverhungert hätte ansehen müssen.

„Wir tun den Fips weg und sagen Steffi und Dagmar, er wäre verhungert", schlug Jochen vor.

„Das sieht dir ähnlich..." Für Harald kam das nicht in Frage.

„Spielverderber. Aber Fische über einen schütten..."

„Das war ja gar nicht ich..."

„Aber Spaß hat's dir gemacht..."

„Hau doch ab, wenn dir was nicht paßt!"

Harald hatte das gar nicht sagen wollen, aber es war ihm so rausgerutscht. Er wunderte sich dann sehr, daß Jochen tatsächlich verschwand, statt ihn zu verhauen. Kurz nach Vaterpauls Ankunft mit der Familie im eigenen Auto tauchte er wieder auf, was Harald ersparte, Erklärungen über sein Verschwinden abzugeben.

Der Schlüssel war tatsächlich in Mamalizzis Handtasche gewesen und die wiederum im Kofferraum. Man schwor sich, in Zukunft immer irgendwo am Auto außen einen sicheren Platz für den Ersatzschlüssel zu haben. Nebenbei gesagt — daraus wurde nichts, weil solche Episoden im Nachhinein höchstens erheiternd sind, einem aber keinen Verdruß mehr bereiten, dem man vorbeugen müßte.

Was Jochen am Nachmittag auf seinem Alleingang gemacht hatte, davon erfuhr man erst am andern Tag etwas, als Mamalizzi bei Aufräumungsarbeiten in den Oberkeller ging. Dabei sah sie zum erstenmal die neugestrichene Wand in einem aufregenden rot-grünen Streifen. Das störte sie nicht, denn sie mußte ja für gewöhnlich nicht hier unten sein. Beim Hinausgehen fiel ihr Blick allerdings in eine Plastikwanne, in der Wasser stand. Ein dort aufgehobener ausrangierter Lampenschirm hatte sich damit vollgesogen, was seinen Zustand nicht gerade verbesserte. Komisch, dachte Mamalizzi, wie kommt das Wasser da hin... Keine Anzeichen eines undichten Rohres, eine Wasserleitung gab es hier unten nicht. Sie besah sich die Flüssigkeit und den Schirm. Ein bohrender Verdacht stieg in ihr auf.

Als die Kinder alle in der Wohnung waren, stellte sie sehr unvermittelt eine sehr peinliche Frage:

„Wer hat im Oberkeller in die Wanne gemacht?"

Die Mädchen guckten peinlich berührt und wurden in ihr Zimmer geschickt. Blieben die Jungen.

„Ich doch nicht!" sagte Harald entrüstet.

„Nöh, war ich nich", sagte Jochen mit großen unschuldigen Augen. „Wird wohl Wasser sein..." meinte er noch.

Mamalizzi dachte nicht lange nach.

„Das werde ich schon herauskriegen. Harald, du fährst mit dem Rad in die Apotheke und holst Lakmuspapier."

„Was für'n Zeug?"

„Ich kann's dir aufschreiben."

„Was willst du denn damit?"

„Das werdet ihr schon sehen."

Als Harald wieder zurück war, rief Mamalizzi die Jungen zu einem Experiment in den Oberkeller.

„Also, wir werden jetzt sofort wissen, ob das hier Wasser ist oder nicht. Es gibt eine chemische Regel, die man mit dem Satz zusammenfassen kann: Basen bläuen, Säuren röten. Ist das hier Wasser, dann passiert gar nichts. Wird das Papier aber blau, dann handelt es sich um eine...?"

„Ja, und das bedeutet...?" sie sah Jochen an.

„Base..." nickte Harald verblüfft.

„Mann", wehrte Jochen ab, „Vettern und Basen, wenn ich das schon höre..."

Mamalizzi fuhr unbeirrt fort wie eine aufdringliche Lehrerin, die ihrem widerspenstigen Zögling schon beibringen würde, daß zweimal zwei vier sei:

„Das bedeutet, daß einer von euch hier reingemacht hat, weil er zu faul war, zum Klo zu gehen."

Und damit legte sie das Streifchen in die Wanne, wo es nach einer kurzen Weile blau wurde.

Harald sah interessiert zu, Jochen gab sein Interesse nur ungern zu erkennen. Schließlich aber sagte er mit einem Ton von Bewunderung:

„Wie hast du das bloß rausgekriegt..."

„Hab' ich doch gar nicht — aber du warst es, oder?"

„Ich mußte aber dringend..."

Jetzt mußte er erst mal die Wanne säubern, auch den Lampenschirm, auch wenn er zu nichts mehr nütze war. Jochen machte von nun an nicht einmal mehr gegen die Hausmauer, was die andern auch taten, wenn keiner hinsah. Denn Zeit hatten sie ja nie, damit mußte gespart werden.

DIE ROCKER

Überraschung im Wald

Es gingen ein paar friedliche Tage dahin. Die Jungen bauten im Wald ihr Fort. Man sah sie nur zu Essenszeiten — später nahmen sie sogar Brote und Limonade mit, was den Müttern gar nicht unlieb war. Es war dann eine so herrliche Ruhe im und am Haus. Sie hatten sich nur ausgebeten, daß eine Art Botendienst eingerichtet wurde, damit man im Laufe des Tages einmal erfuhr, ob alles in Ordnung sei. Meist erschien am frühen Nachmittag einer, der Nachricht gab und — mit neuen Vorräten ausgerüstet — wieder in den Wald zurückfuhr. Es waren schöne ungestörte Tage. Aber so etwas hält ja nicht lange. Wie man weiß, kann der Frömmste nicht in Frieden leben, wenn es dem bösen Nachbarn nicht gefällt.

Die Bande war vollzählig bis auf Olaf, der heute mit der Mutter zum Zahnarzt mußte. Das Palisadenhaus stand oberhalb des Baches auf einer kleinen Lichtung, wo der Mischwald auf leichten Stämmen im Sommerwind schaukelte. Einen der jungen Stämme hatten die Jungen unerlaubt kahlgeschlagen und an seiner Spitze eine Fahne angebracht. Der Platz war gut, denn die Lichtung lag an einem schrägen Hang und hatte reichlich Unterholz, Brennesseln und dorniges Strauchwerk. Oberhalb führte ein Weg durch den Wald, der unten am Hasenbrünnele herauskam und sich dort mit den anderen Wanderwegen des Geländes traf. Hier gab es nur Fußgänger oder sehr sportliche Radfahrer, die es mit Bergen aufnahmen.

Im Haus hatten die Jungen ihre Vorräte und Werkzeuge. Im Augenblick waren sie alle unten am Bach, wo sie einen Staudamm gebaut hatten. Stefan, Achimderstille und Olli waren bachauf unterwegs, um gute Steine zu suchen. Die vier anderen waren vertieft in ihr Werk und arbeiteten auf beiden Seiten des Baches. Sein Rauschen und das Klicken und Klacken der Steine ließ sie ein Geräusch überhören, bei denen mindestens zwei von ihnen aufmerksam geworden wären. Keiner hörte also die Vorwarnung der knatternden Motorräder. Sie rasten oben auf dem Weg entlang, entfernten sich und kehrten zurück. Dann war es still. Harald schob gerade mit einem schweren Ast einen Haufen Steine zurecht, was ihn sichtlich Mühe kostete. Jochen richtete sich händereibend auf, um den Damm zu begutachten. Die beiden anderen dichteten den Damm ab.

Als Jochen hochkam, glitt sein Blick über drei Paar Hosenbeine. Darüber folgten zwei Lederimitationsjacken und ein blauer Pullover bei dem dritten. Der Blonde lehnte an einem Baumstamm und rauchte. Der Dunkle wippte einen herunterhängenden Zweig lässig auf und ab. Der in dem blauen Pullover war kleiner und wesentlich jünger als die beiden. Er stand nur da mit gespreizten Beinen und gab sich den Anschein, ganz und gar zu ihnen zu gehören.

„Seid ja schwer beschäftigt", sagte der Blonde mit einem gehässigen Lachen.

Jürgen blieb mit offenem Mund im Bach hocken. Achimderstarke wurde rot im Gesicht und richtete sich merkwürdig verlegen auf. Harald hielt in seiner Beschäftigung inne, ohne seine Haltung zu verändern, blickte er auf. Sonderbarerweise interessierte ihn in diesem Moment nur eines: was hatte geblitzt? Er sah die drei an und stellte enttäuscht fest: nichts blitzte, aber auch gar nichs — obwohl die Sonne hell schien. Komisch, dachte er und fing an, seinen Ast wieder zu bewegen. Da sprang Jürgen auf und schrie die drei in einem seiner unerwarteten Wutanfälle an:

„Was wollt ihr hier, macht, daß ihr wegkommt!"

Das sollte aber auch das Mutigste sein, was in den nächsten sechzig Minuten hier am Bach vor sich ging. Der

Dunkle trat gegen Haralds Ast, und weil der ihn nicht gleich losließ, begann er, ihn ihm aus der Hand zu winden. Dabei errang Harald ungewollt einen Pluspunkt, weil er den Ast sehr unvermittelt losließ und damit seinen Gegner zu Fall brachte. Er plumpste in den Bach und bekam nasse Hosen. Die Erheiterung der Jungen legte sich aber rasch wieder, denn der Blonde hatte sich von seinem Baumstamm gelöst und schnickte wieder wie an jenem Morgen sein Klappmesser hervor. Harald hatte den Dunklen nicht aus den Augen gelassen. Sein langes Haar war bei dem Aufprall zurückgeflogen, und Harald sah an seinem linken Ohr etwas blitzen — eine Art Knopf im Ohr, wie er von Zigeunern oder spanischen Winzern getragen wird. Harald hatte aber keine Zeit, sich über die Entdeckung zu freuen. Der Blonde sagte befehlend:

„Macht, daß ihr zu eurem Haus raufkommt, bißchen dalli, wird's bald..."

Der Kleine im blauen Pullover war schon oben und sah den Hinaufsteigenden aus der Hocke mit zusammengekniffenen Augen zu. Harald erinnerte er an einen kleinen, bissigen Straßenhund.

„Er muß nur noch die Zähne fletschen und bellen", zischte er im Vorübergehen. Der Dunkle machte sich die Mühe, die Steine im Bach durcheinanderzubringen. Da kam, gedankenverloren, den Blick ins Wasser gerichtet, Stefan. Als er die Stimmen hörte, sagte er: „I han tolle Steiner..." und blieb beim Anblick der fremden Jungen verdutzt stehen. Blitzschnell durchraste es ihn: des misset se soi.

„Na, gehörst du auch zu denen — denn komm man gleich mit aufwärts bitteschön..."

Stefan stand da mit den Steinen im Arm, legte sie vorsichtig in den Bach, sei's um Zeit zu gewinnen oder keine Spritzer zu machen. Ohne den Sprecher aus den Augen zu lassen, sagte er mit ernsten Augen:

„Ich hab' Asthma, weißt?"

Der Dunkle musterte ihn kritisch und rief dem Blonden zu: „Du, der hat Asthma..."

„Wenn das ansteckend ist — hau ab! Und wehe dir, wenn du was ausplauderst! Ich warne dich!"

Stefan stieg aus dem Bach, stieg die Böschung hinauf und verschwand eilig zu den Fahrrädern, um sich abzusetzen. Die anderen wunderten sich, wie wenig vorsichtig ihre Gegner waren — Stefan würde doch wohl? In der Tat hatte Stefan sein Asthma als Vorwand genommen, als Trick gewissermaßen, um Verstärkung holen zu können. Zuerst einmal mußte er Olli und Achimdenstillen warnen, damit die nicht ebenso in die Falle gingen wie er. Aber es kam anders.

Der Dunkle und der Blonde musterten oben angekommen erst einmal gründlich das Palisadenhaus, wo der Kleine mit dem blauen Pullover sich jetzt an den Vorräten zu schaffen machte. Mit Bindfaden in der Hand kam er heraus und sagte in breitem Schwäbisch:

„Oin derf i fessle, gelt?"

„Wart's ab", sagte der Blonde barsch. Zu den Jungen gewandt: „Setzt euch hin und macht keine Mätzchen. Jetzt erklären wir ihnen mal alles", wandte er sich an den Dunklen, der sich hinhockte, mit den Fingern im Gras spielte und dann ruckartig den einen oder anderen Grashalm hochriß und hinter sich warf. Der Blonde fuhr fort:

„Was ihr hier macht, ist verboten, klar? Mein Alter ist Förster in dem Revier. Er hat mir gesagt, daß ich mal nach dem Rechten sehen soll, stimmt's, Andy?"

„Klar! Wenn wir dem erzählen, was ihr hier macht, dann können eure Eltern ganz schön blechen."

„Wir werden jetzt mal'n bißchen Justiz üben, wenn ihr wißt, was das ist. Warum sollen Papi und Mami immer für die bösen Kinder bezahlen? Können die doch selbst auslöffeln, die Suppe." Und an den Kleinen gewandt:

„Bind den da an den Fahnenmast."

Er winkte mit dem Kopf zu Jürgen rüber, der sofort anfing, fürchterlich zu schreien, und sich mit Händen und Füßen zur Wehr setzte. Aber der Blonde hielt ihn fest, und der Kleine durfte binden. Jürgens Schreien ging in ein Schluchzen über. In diesem Augenblick rief vom Bach her Olli:

„Wo seid ihr denn, was macht ihr?"

„Haltet die Klappe und laßt ihn raufkommen", zischte der Blonde.

Harald aber schrie in einem Anfall von Mut:

„Hau ab, Olli, wir sind überfallen worden..."

Der flinke kleine Olli stutzte, hörte dann Jürgens Schluchzen und war schon den Hang heraufgehastet. Seine blauen Augen irrten über die Szene, sein Blondhaar hing verschwitzt in die Stirn. Er stand da vorgebeugt, die Fäuste geballt. Als er Jürgen gefesselt sah, bekam er einen schrecklichen Tobsuchtsanfall und stürzte sich auf den Blonden, biß ihn und trat ihn, wohin er nur traf.

„Was macht ihr mit meinem Bruder! Macht ihn sofort los! Ihr gemeinen Kerle!"

Der Dunkle war aufgesprungen und hielt Olli fest. Der Kleine bog sich vor Lachen und schrie:

„So eine Viper, so ein kleiner frecher Köter!"

Gleich darauf saß Olli auch schon mit einem Strick um die Hände neben den anderen im Gras und weinte vor Wut und Hilflosigkeit.

„Warum habt ihr euch das gefallen lassen?"

Der Blonde war sichtlich irritiert und verärgert:

„Habt ihr noch mehr von der Sorte unterwegs?"

„Klar", ermutigte sich daraufhin Achimderstarke, „'ne ganze Menge."

Jochen stieß ihn in die Seite:

„Halt die Klappe!"

Harald drückte seinen Daumennagel ununterbrochen gegen die Unterlippe und schob sie hin und her. Er dachte nach, glaubte wenigstens, das zu tun. Aber es fiel ihm nichts ein. Er sah nur, daß alle eine Heidenangst hatten und jeder seinen Wutanfall bekam, aber nie alle zusammen — was die einzige Rettung gewesen wäre.

„Na", sagte der Blonde gelassen auf die Bemerkung Achims, „denn woll'n wir uns mal beeilen. Fangen wir mit dem mal an..." Dabei wies er auf Achim.

„Steh auf!"

Achim stand auf, kriegte einen roten Kopf und wollte etwas sagen. Der Blonde hatte ihm aber blitzschnell ein Tuch um den Mund gebunden und ihm die Hände mit Hilfe des Kleinen, der sofort wie auf Kommando dazugesprungen war, nach hinten gebunden. Sie schoben Achim in Richtung Gebüsch und warfen ihn in die Brennesseln. Achims Gesicht verzerrte sich mehr vor Wut als vor Schmerz. Er hatte glücklicherweise als einziger eine lange Hose an. Die anderen starrten hilflos und beschämt zu ihm hinüber. Da sprang Harald auf und fing entsetzlich an zu schreien:

„Hilfe, Hilfe, Hilfe! Laßt mich! Aufhören! Hilfe!"

Er wehrte sich tapfer gegen die drei. Jochen war auch aufgesprungen, lag aber, ehe er sich's versah, im Gras und hatte die Hände auf dem Rücken.

„Jetzt sei mal schön still, Bürschchen", sagte der Blonde, dem es sichtlich zuviel wurde mit den Jungen.

Harald war der einzige, der noch nicht gefesselt war. Er erkannte die Sinnlosigkeit seines Unternehmens und setzte sich in dem Gemenge schnell neben die anderen, legte instinktiv die Hände auf den Rücken, um die drei zu täuschen, und hoffte, daß Achimderstille unterwegs wäre, um Hilfe zu bringen. Oder doch Stefan oder beide. Irgendeiner mußte doch etwas hören.

Aber Kinder schreien oft um Hilfe, ohne es ernst zu meinen. Wer würde schon darauf hören...

Achimderstille aber hatte längst das Lager belauscht und war unbemerkt auf seinem Fahrrad davongeradelt.

Harald rückte sich so zurecht, daß er den Bach und den unteren Weg übersehen konnte. Wenn jemand käme, würde er schreien, was das Zeug hielt, und vorher keinen Muckser mehr machen, damit er nicht noch einen Knebel bekäme.

„Du gehst jetzt runter und machst die Fahrräder kaputt."

Der im blauen Pullover verschwand und erfüllte seinen Auftrag, so gut er konnte. Die beiden anderen holten eine Kerze und ein Feuerzeug aus den Taschen.

„Na, wie wird euch jetzt?" fragte der Blonde.

„Noch Lust zum Schreien? Wer zuerst schreit, mit dem fangen wir an."

Jürgen heulte laut. Den anderen stand die Angst im Gesicht. Sie gaben keinen Ton von sich.

„Na so was, jetzt sagen sie nicht mal Piep. Die sind aber gar nicht vorwitzig."

Der Blonde lehnte sich gegen einen Baum, zündete eine Zigarette an und wies den Dunklen mit einer Kopfbewegung an, sein böses Werk zu beginnen. Das Lichtlein der Kerze war im Sonnenlicht gar nicht zu sehen.

„Fangen wir mit dem an, der am leisesten ist", lachte der Blonde in einem plötzlichen Einfall, „wie sie sich jetzt drängen!"

Harald hielt es einfach nicht mehr aus. Er mußte irgend etwas tun. Er fühlte sich wie ein Dampfkessel, der gleich platzen würde, wenn man nicht ein Ventil öffnete. Er gab einen durchdringenden Doppelschrei von sich, so eine Art Tarzan-Elefantenruf, der den Blonden geradezu von seinem Baumstamm wegriß. Er stürzte sich auf Harald und würgte ihn nieder, hielt ihm die Hand auf den Mund und fluchte:

„Verdammt noch mal, halt den Rand", und zu dem Dunklen: „Mach schon, fang an!"

Und der Dunkle ließ lächelnd das heiße Wachs auf Haralds nackte Beine tröpfeln. Der zappelte und strampelte, biß den Blonden in die Hand, daß er aufschrie. Wütend riß er Harald den Fahrradschlüssel vom Hals und band ihm mit dem Bast die Hände zusammen:

„Verfluchte Kröte! Ich schmeiß' dich den Berg runter, wenn du noch einen Ton von dir gibst!"

Harald sagte kein Wort mehr. Je mehr man sich wehrte, um so schlimmer wurde es. Geholfen hatte es keinem. Jetzt kamen die anderen dran. Jeder bekam sein Teil ab. Die Kerze war schon ganz klein geworden. Da sagte der Dunkle:

„Gib mir mal die Zigarette."

Den Jungen wurde ganz schlecht.

Der Blonde guckte kurz auf, zog noch einmal, warf die Zigarette auf den Boden und zertrat sie:

„Die haben für diesmal genug. Wir haben jetzt noch was anderes zu tun. Und glaub mir, die erzählen auch nichts zu Hause. Sonst haben sie keine ruhige Minute mehr."

Damit machte er sich auf den Weg zu den Motorrädern, einem silbernen, einem blau-roten. Als Ersatz für den brennenden Zigarettenstummel drückte der Dunkle die Kerze auf Achimdesstarken Hose aus und brannte ein Loch hinein.

„Macht deine Mutti wieder heil", grinste er, „sagst eben, du hättest heimlich geraucht."

Damit rannte er den Berghang hinauf hinter dem Blonden her. Der Kleine in dem blauen Pullover schrie von unten:

„Wartet doch..."

„Wir kommen unten lang!" schrie der andere zurück. Dann wurden die Motorräder angelassen und rasten den Weg hinunter. Am Hasenbrünnele, wo die Fahrräder der Jungen abgestellt waren, nahmen sie den in dem blauen

Pullover auf und rasten mit lautem Geknatter in Richtung Friedhof.
Erst langsam löste sich die Erstarrung der fünf. Jürgen am Fahnenmast hörte auf zu heulen und schimpfte los:
„Schöner Mist, schöööner Mist..."
„Mir ist ganz schlecht..." Jochens Stimme war heiser, und er schämte sich deshalb und räusperte sich kräftig.
„Denkste, mir ist wie auf'm Canstatter Wasen?" schrie Olli wütend, wobei man wissen muß, daß er vom größten Kindervergnügen des Jahres sprach, der großen Kirbe oder Kirmes in Stuttgart.
Harald zerrte wütend an dem Bast, der seine Hände zusammenhielt, fing an, darauf zu kauen, um den Bast aufzuweichen. Er schaute zu Achimdemstarken hinüber, der sich in der besonders unglücklichen Lage befand, nicht mal einen Mucks sagen zu können. Er quetschte etwas durch die Kehle, brachte aber kein Wort zustande. Er war sehr rot im Gesicht, und seine Augen quollen vor Zorn hervor.
„Wenn doch bloß jemand käme", seufzte Harald, und Jochen schrie laut in den stillen Wald:
„Herrgott noch mal, ist denn kein Mensch da, wenn man jemanden braucht?!"
„Verdammte Schweinerei", tobte Jürgen, und Olli sprang auf die Füße, lief zu Jürgen und schrie ihn an in seiner Aufregung und begeistert von seiner Idee:
„Mensch, mach mir die Fesseln auf!"
„Ja, wie denn?" schrie Jürgen zurück.
„Na, so", sagte Olli selig und stellte sich mit dem Rücken gegen Jürgen, den Fahnenmast zwischen sich und dem Bruder.
„Du versuchst jetzt, an meinen Händen die Strippe zu lockern..."
Sie schwitzten beide vor Anstrengung, und die andern sahen gespannt zu.

Da geschah etwas Unerwartetes, und einen Augenblick später hallte der helle Wald wider von ihrem befreienden Lachen. Sie lachten so, daß sie sich auf dem Boden wälzten und Juchu schrien, als hätten sie gerade die größte Ulkerei ihres Lebens hinter sich.

Zwischen den Büschen hervor trat Olaf, schob den Kaugummi in die andere Backentasche, legte die Hände auf den Rücken, spreizte die Beine und schrie:

„Waaaache!!!!"

Dagmar und Steffi waren an den Kirschplantagen damit beschäftigt, sich die Backen vollzustopfen und gleichzeitig eine Plastiktüte zu füllen mit der sauren Ware.

„Komisch", sagte Steffi, „ich habe schon wieder was gehört."

„Ich nicht", sagte Dagmar und langte nach einer neuen Handvoll.

„Ich fahr' jetzt zu den Jungen." Steffi saß schon auf dem Rad und radelte den Weg runter, bog in den Wiesenpfad ein und verschwand fast in dem wogenden Grün.

„Warte, ich bin ja schon fertig!" Kirschkernspuckend flitzte Dagmar hinter ihr her. Steffi war von Unruhe befallen, und sie beeilte sich sehr. Daß sie trotzdem hinter Olaf ankam, nahm sie sich noch lange übel. Sie hätte auch gern den rettenden Engel gespielt. Besonders, wo's die Jungen so nötig hatten. Als sie am Hasenbrünnele die demolierten Räder sah, wurde sie ganz blaß und schrie:

„Harald, Harald, wo bist du..."

Dagmar ließ ihr Rad einfach fallen und fing an, den Berg hinaufzurennen. Oben blieb sie mit offenem Mund stehen und sah mit aufgerissenen Augen rundum. Steffi stürzte sich auf den ersten, der dastand:

„Was ist passiert, sagt schon, was ist passiert..." Sie war vor Aufregung ganz zittrig. Die Jungen hatten inzwichen mit dem Lachen aufgehört und angefangen, sich von Olaf befreien zu lassen. Ein paar Stricke lagen rum. Achimderstarke lag auf dem Boden und besah sein Loch in der Hose, die anderen rieben sich die roten Flecken von den heißen Wachstropfen. Jürgen trat wütend gegen den Fahnenmast und ließ sich dann erschöpft auf die Erde fallen.

„Wo kommt ihr denn mit einem Mal alle her..." fragte Jochen, und Harald war so froh, die Mädchen zu sehen, daß er im Augenblick kein Wort herausbrachte.

„Ich hab' alles gesehen", sagte Olaf stolz, „und ich bin zuerst dagewesen", setzte er noch stolzer hinzu.

„Wir haben Kirschen mitgebracht", sagte Dagmar ziemlich unpassend. Die Jungen waren nichtsdestotrotz begeistert von dieser Mitteilung.

„Klasse!" sagte Jochen.

„Hab' ich einen Durst", fügte Olli hinzu.

„Mensch, gib her!" Achim sprang auf und vergaß sein Loch in der Hose. Jürgen und Harald kamen heran und griffen auch in die Plastiktüte. Die Mädchen sahen sich an. Steffi hätte fast geweint und wußte nicht, warum. Jetzt war sie auf einmal sehr glücklich und setzte sich neben Harald.

„Erzählt schon", drängte Dagmar und hielt den Jungen die Tüte hin.

„Ja, das war so", fingen dann alle auf einen Schlag an und mußten wieder lachen.

Aber so nach und nach erfuhren die Mädchen, was geschehen war. Dagmar hörte voller Staunen und Bewunderung zu, Steffi sagte ganz leise:

„Was da hätte passieren können... wenn das Mami hört..."

Olaf stand wieder da, die Beine gespreizt, den Kopf in die Höhe geworfen:

„Ich hab' sie befreit!"

Alle drängten sich um den Jüngsten, und er genoß es kurz, wurde dann verlegen und sagte:
„Is ja schon gut. Gib mir Kirschen."
Und die Jungen erfuhren endlich, wie es denn zu der Rettung gekommen war.
Nach dem Besuch beim Zahnarzt hatte Olaf sich gelangweilt. Die Mädchen spielten draußen Gummihopf. Er bedrängte sie, mit ihm zum Hasenbrünnele zu fahren, weil er allein keine Lust hatte. Den Mädchen kam dann die Idee, nach dem Kirschenessen auch noch Kirschen für das Lager zu pflücken. So war Olaf allein vorausgeradelt und hatte als erster das Lager erreicht. Die Mädchen hörten diesen merkwürdigen Doppelschrei, und Dagmar sagte:
„Wie Tarzan. Aber Elefanten gibt's hier ja nicht."
Sie achteten nicht weiter darauf. Das fanden die Jungen typisch.
„Selbst typisch", quittierte Dagmar, „ihr schreit doch dauernd so herum, wie soll man da wissen, daß was passiert ist..."
Steffi war dann aufmerksam geworden, als sie das hallende „Wache" von Olaf vernommen hatte oder wenigstens das, was sie davon an den Kirschplantagen erreichte.
Dagmar fragte ziemlich unvermittelt:
„Warum habt ihr euch eigentlich nicht gewehrt?"
Die Jungen schwiegen betreten.
„Ihr wart doch zu sieben", setzte sie fort.
„Diese Scheißkerle von Achim und Stefan", schimpfte Jürgen wütend, „wenn ich die in die Finger kriege!"
Harald sagte leise:
„Wir waren alle nicht mutig. Jeder hat seinen Koller zu einer anderen Zeit bekommen, sonst hätten wir schon was machen können."
„Aber die waren doch zu allem fähig, hast du doch gesehen", entschuldigte sich Achimderstarke und rieb sein Bein mit dem Loch in der Hose.

„Zum Wegrennen hätte es bestimmt gereicht!" sagte Dagmar entschieden.

„Du hast gut reden", sagte Jochen kleinlaut.

„Der Stefan kriegt von mir die Hucke voll", drohte Olli, der sich von seinem besten Freund sichtlich enttäuscht fühlte. „Statt Hilfe zu holen, hat er sicher aus lauter Angst die Klappe gehalten."

„Mensch, hatte ich Angst", sagte Jochen noch einmal aus tiefstem Herzensgrund, „ich hätte dauernd schreien können."

„Na ja", sagte Harald leicht zweifelnd, „geschrien wurde ja nicht zu knapp, aber..."

„Komisch", sagte Dagmar, „ich dachte immer, Helden schreien nicht."

An der Haustür saß Stefan, ein Micky-Maus-Heft in der Hand. Er hatte aber nur so getan, als habe er darin gelesen. In Wirklichkeit war er zutiefst beunruhigt.

„Do send'r jo." Seine Stimme klang erleichtert. Aber niemand hörte darauf.

Olli war schon vom Rad, ließ es zu Boden fallen und stürzte sich auf ihn:

„Hast brav den Mund gehalten, gelt? Hast keinen Ton gesagt? Hast dein blödes Heft gelesen?"

Bei jedem Satz schlug er mit seinen kleinen geballten Fäusten auf ihn ein.

„Aber die haben doch gesagt..." wollte Stefan sich verteidigen. Er setzte sich gar nicht zur Wehr, denn irgendwie spürte er, daß die anderen im Recht waren. Olli tobte weiter und weinte fast vor Zorn:

„Und du bist mein bester Freund gewesen, du, du, ausgerechnet du... du läßt uns so im Stich! Umbringen hätten sie uns können..."

Die Haustür ging auf, Mutterschumacher erschien:

„Olli, wirst du gleich aufhören! Was ist denn hier los?"

Stefan überrannte sie fast und stürzte ins Treppenhaus. Olli zappelte an der Hand der Mutter und schrie immer noch:

„Er kriegt die Hucke voll! Er ist so gemein!"

Mutterschumacher zog Olli ins Haus, rief Jürgen und wollte wieder wissen, was los sei. Es ging ein Geschnatter los, daß keiner mehr sein eigenes Wort verstand. Nach und nach gingen alle Türen und Fenster auf, und jeder wollte wissen, was passiert sei. Um Ordnung in den wilden Haufen zu bekommen, schnappte sich jede Mutter ihren Sprößling und verschwand in der eigenen Wohnung.

„Das scheint ja eine schöne Geschichte zu sein", rief Mutterschumacher noch Mamalizzi zu, bevor sie die Tür schloß.

Nurmi, der nichts mehr verstand und verstört zwischen all den Beinen hin- und hergerannt war, schlüpfte als letzter in die Wohnung und sprang dann wie wild an Jochen hoch, jaulte und wedelte mit dem Schwanz, als sei Jochen von einer langen Reise zurückgekommen. Als er sich beruhigt hatte, legte er sich an seinen Stuhl und ließ seine blanken Augen aufmerksam zwischen denen hinwandern, die um den Tisch saßen.

Später ging Vaterpaul zu Schumachers, wo sich auch die anderen Väter einfanden. Es wurde beschlossen, die Vorfälle am Baumhaus und im Wald der Polizei zu melden. Natürlich war jetzt die volle Wahrheit zutage gekommen, denn es gab keine Veranlassung mehr, irgend etwas zu verheimlichen. Schlimmer konnte die Sache ja nun kaum noch werden.

Die Auseinandersetzung mit Achimdemstillen erfolgte am nächsten Nachmittag. Die Jungen spielten hinter dem Haus und auf der Wiese Fußball. Achimderstille schlenderte über den Platz, hockte sich an den Rand und sah zu.

Harald hörte zuerst auf zu spielen und näherte sich ihm. Die anderen folgten. Vor Achim blieb Harald stehen, schob den Daumennagel über die Unterlippe und schaute zu ihm hinunter. Der blickte auf und sagte:
„Was habt ihr mit dem Haus gemacht? Abgerissen?"
„Wo warst du? Wieso hast du dich verkrümelt?"
„Wieso? Ich mußte nach Hause."
„Ach, hast wohl gar nicht bemerkt, wie wir in der Tinte saßen?"
„Ich sag' doch, ich mußte nach Hause."
Stefan kam heran und sagte entschlossen:
„Hast genau gewußt, was los ist, sonst hätt'st mir net gesagt, daß die Krach hen und du nach Haus goscht."
„Hast gesehn, was los ist, und bist abgehauen..." sagte Olli verächtlich.
„Und zu Haus' erzählt hast auch nix..." setzte Jürgen fort.
„Mein Mutter tät mir schön was verzähle, wenn i domet a'käm..." brummte Achim und sah auf den Boden.
„Verdammt noch mal! Konntest es ja bei meiner Mutter sagen", schimpfte Harald und wurde handgreiflich. Die Passivität Achims versetzte ihn in Wut. Er knuffte und puffte ihn, bis er aufstand und sich wehrte. Aber da kriegte Achim denn ordentlich was ab. Und Achim hatte es sowieso nicht mit dem Prügeln. Zufällig sah auch noch seine Mutter aus dem Fenster und schrie über die Anlage hinweg ein langgedehntes:
„Aaachiiim... lascht den Achim!"
Als das nichts half, ging sie eilig zu Mamalizzi gegenüber und regte sich auf:
„Wasch macht Ihr Sohn do met mein'm Achim... Der haut den ja tot!"
Mamalizzi war sehr bestürzt und entschuldigte sich. Sie würde Harald zur Rechenschaft ziehen, und es würde hoffentlich nicht so schlimm ausgehen für Achim. Der kam

bald darauf verheult und etwas fleckig, sonst aber ganz gesund nach Hause und wurde von seiner Mutter angewiesen, sich in Zukunft von den bösen Buben fernzuhalten. Achim gehörte von diesem Tag an der anderen Bande an, die immer Zuwachs brauchte und sich noch immer mit der Absicht trug, auch ein Lager zu bauen.

Gasthaus HARMONIE

Den Beamten auf der Polizeiwache kannten die Jungen. Es war Herr Häberle. Harald, Achimderstarke und selbstverständlich Olaf durften Vaterpaul begleiten. Die schummrige Wachstube in dem kleinen alten Fachwerkhaus, wo die Dielen knarrten und es ein bißchen muffig roch, schien Olaf zu enttäuschen. Er konnte ja nicht einmal über die Barriere gucken, hinter der zwei Schreibtische standen mit Telefonen darauf. An den Wänden ein paar Plakate, eine Suchanzeige wegen Mordes mit einem Bild von einem Mädchen, Warnungen vor Feuermachen im Wald und Umweltverschmutzung. Das hatte er sich aber ganz anders vorgestellt. Er machte aus seiner Enttäuschung keinen Hehl und sagte tiefverärgert und so, als ob er sich um seinen verdienten Lohn geprellt sähe:

„Die im Fernsehen haben Waffen, Zellen und ganz tolle Mädchen."

Herr Häberle guckte über den Tresen, auf dem er zu schreiben angefangen hatte:

„Des möchtest wohl gern habe, was, du Held? Aber 's Lebe, des sieht halt anders aus."

Wenigstens durfte Olaf dann auf einem Stuhl am Schreibtisch sitzen, wohin sich Herr Häberle begab, weil die Sache längere Zeit in Anspruch zu nehmen schien. Auch Vaterpaul bekam einen Stuhl hingeschoben, die anderen mußten stehen, weil es nicht genügend davon gab.

Herr Häberle fragte die Jungen nach allem, was ihnen an den dreien im Wald aufgefallen war, wie alt, wie groß, welche Haarfarbe, was sie anhatten, was sie taten, wie sie hießen, wie die Motorräder aussahen und ob sie etwas Besonderes bemerkt hatten, wobei Haralds geblitzter Ohrklips wichtig wurde.

Er fragte eindringlich, langsam, wiederholte, kam noch mal auf das bereits Erwähnte zurück, wie um zu prüfen, ob die Jungen sich auch nicht widersprächen. Dann holte er zu einer längeren Ansprache aus:

„Sie wissen das sicher", wandte er sich in erster Linie an Vaterpaul, „wir haben hier Ärger mit ein paar Rockern, die immer mal wieder von sich reden machen. Möglich, daß die Jungen, von denen hier die Rede ist, mit zu der Gruppe gehören. Wir kennen ein paar von ihnen mit Namen, konnten sie aber noch nicht überführen. Mal ein Hausfriedensbruch, mal ruhestörender Lärm — mehr nicht. Dabei werden dauernd kleinere Einbrüche verübt und Autodiebstähle, die möglicherweise auf ihr Konto gehen. Sie treten immer nur zu zweit oder sogar einzeln auf, nie die ganze Bande."

Bei dem Wort Bande schreckten die Jungen zusammen, als habe Herr Häberle sie gemeint. Sie sahen sich an und waren im stillen einig, daß sie sich nicht mehr Bande nennen wollten.

„Sie sind schwer zu fassen", fuhr Herr Häberle fort. „Vor allem auch, weil sie sich gegenseitig mit Alibis aushelfen. Wir wissen zwar, was wir von diesen Alibis zu halten haben, aber sie wissen ja auch: die Polizei braucht Beweise."

Olaf hatte sehr andächtig zugehört. Was er da hörte, klang so ungefähr wie das, was er in den Fernsehkrimis hörte, und wenn er auch nicht alles verstand, so befriedigte es ihn doch sehr. Herr Häberle verabschiedete die Jungen mit den Worten:

„Des hätt' bös ausgehe' könne'. Lasset des lieber em Lindethäle. Ond haltet d' Auga offa."

Olaf sah ihn an. Aus seiner Knirpshöhe machte Herr Häberle, der wohlbeleibt und ziemlich weit oben für Olaf war, jetzt einen wesentlich imponierenderen Eindruck:

„Was is ein Arlibig?"

Herr Häberle kratzte sich hinter dem Ohr und antwortete ernsthaft:

„Das ist, wenn deine Finger sauber sind und trotzdem was aus dem Marmeladenglas genascht wurde."

Olaf begriff das sofort:

„Dann war es der Michael, mein großer Bruder, aber der geht schon zur Arbeit."

Die Jungen waren ganz der Meinung von Herrn Häberle. Es war ihnen ja auch die Lust vergangen, im Wald wieder Hütten zu bauen. Sie beschlossen, das Palisadenhaus auszuräumen, zu tarnen und für einige Zeit sozusagen „auf Eis" zu legen.

So fuhren sie an einem Nachmittag den gewohnten Weg zum Lindenthal — an der Schule vorbei, rüber zum Gasthaus „Harmonie", zwischen den Gärtnereien und Plantagen zum Friedhof und zu ihrem Platz hinter der Wiese am Bach, oben im Wald. Alles war unverändert. Ihr Werkzeug, Limoflaschen, ein paar Butterbrote, die die Ameisen noch nicht geschafft hatten, die Bindfäden, die Fahne. Sie schlugen Unterholz ab und banden es geschickt vor den Eingang zu ihrem Haus, holten in einem unfeierlichen Akt die Fahne ein, verteilten Geäst, Wurzeln und einen mittleren Baumstamm auf dem Vorplatz und täuschten damit einen eher unwirtlichen als einladenden Ort vor.

„Das findet sicher so schnell keiner", sagte Olli zufrieden.

„War auch eine Mordsarbeit", fand Jürgen.

„Mir hat's Spaß gemacht", äußerte Jochen.

„Und was machen wir jetzt?" fragte Achimderstarke.

„Wir gehn zum Staudamm", schlug Stefan vor, der sich ohne viel Fragen und Abwarten seiner Gruppe wieder angehängt hatte und auf keinen Widerstand gestoßen war.
Aber von Staudamm konnte keine Rede mehr sein.
„Da ist ja alles kaputt", maulte Olaf.
„Wir könnten ja weiter vorn am Weg einen neuen bauen..."
Sie radelten aus dem Wald, nachdem sie einen erfrischenden Schluck aus dem Hasenbrünnele genommen hatten, auf die offene Wiese bis in die Nähe der Kirschplantagen.
„Da ham wir gleich was zu essen..."
„Wo die Brücke ist, da kommen viel öfter Leute vorbei. Da können wir was Neues bauen", schlug Olli vor.
Alle schwärmten aus, einen günstigen Platz zu finden. An einem Wiesenstück mit abgrenzender Baumreihe zum Weg entschieden sie sich für eine Stelle, die nicht einsichtig, aber vom Weg her rasch zu erreichen war. Der Bach war hier breiter und flacher. Man entdeckte viel Unterholz und einen riesigen Ballen Heu vom Vorjahr.
„Wir bauen eine niedrige Hütte zum Unterkriechen", plante Jochen.
„Die Wände stopfen wir mit Heu aus, das wird gemütlich..." meinte Olli schon ganz begeistert.
„Zwei Ausgänge machen wir, einen Fluchtweg..." steuerte Jochen bei.
„Und einen Wassergraben machen wir um den Platz."
Harald hätte am liebsten gleich angefangen. Aber Stefan und Olaf wollten nicht, denn es wurde schon dämmrig.
„Wo ist der Achim?"
Achim stand unter der kleinen Brücke und stocherte im Bach herum. „Hier gibt's Ratten", rief er.
„Igittigitt..."
„Wir haben ganz vergessen, mal nachzusehen, ob wir Ratten gefangen haben", sagte Olli da. Alle hatten es auf

einmal besonders eilig heimzukommen. Sie stiegen auf die Räder und vergaßen in der Eile den Plastiksack mit den Werkzeugen und anderen Utensilien aus dem Palisadenhaus.

Zu Hause angekommen, ließen sie die Räder stehen und machten sich auf die Suche nach den Fallen. Die ersten beiden waren leer. In die dritte war Herr Schmitt von ganz oben getreten. In der vierten saß eine Ratte. Nicht sehr groß, mit nacktem Schwanz. Unruhig und eklig. Zu eklig, als daß die Jungen Lust gehabt hätten, irgend etwas damit zu machen.

„Wir wollten doch losen, wer sie kriegt..."
„Ich hab' gleich gesagt, ich will sie nicht."
„Willst du sie, Jochen?"
„Ich weiß nicht."
„Am besten holen wir Herrn Bohle."
„Eigentlich richtig schade. Jetzt, wo wir eine haben, will sie keiner."
„Lassen wir sie raus..."
„Mann, könn' wir doch nicht machen!"

Achim bückte sich, um die Ratte etwas genauer anzusehen.

„Ich finde, wir lassen sie raus, wenn einer aus dem Haus kommt. Das gibt einen Spektakel!" schlug Jochen vor, der sich nicht damit abfinden konnte, nun gar nichts mit dem Fang zu machen.

„Ich klingle meine Mutter raus..." sagte Olaf kühn.
„Aber dann krieg' ich hinterher Haue", schränkte er seine Kühnheit ein.
„Is ja auch'n blöder Spaß. Ich glaub', wir lassen das alles."
„Also holen wir Herrn Bohle, der macht das schon."
„Was macht der?" fragte Olaf.
„Na, die Ratte kaputt — ich weiß nicht..."
„Da wird der sich aber freuen..."

„Klar, ist ja auch eine weniger dann."

„Ich geh' schon mal rauf", sagte Stefan, dem nichts daran lag, das Schauspiel aus der Nähe zu betrachten. Olaf ging auch rein und bezog seinen Platz am Fenster im Parterre. Die übrigen zogen im Gänsemarsch zum Nachbarhaus, wo Herr Bohle wohnte, klingelten und berichteten von ihrer Beute.

„Na, ihr nehmt mich wohl auf den Arm, was?" sagte Herr Bohle mißtrauisch.

„Ne, bestimmt nich, wir ham eine gefangen."

Herr Bohle kam mit. Inzwischen hatten sich noch ein paar andere eingefunden, die neugierig waren, was es da zu sehen gäbe. Harald hatte bei Mamalizzi geklingelt und die Beute avisiert. Darauf machte Mamalizzi schnell das Fenster wieder zu. Die Mädchen aber kamen, um einen Blick zu riskieren, und gingen nach unten, gefolgt von Nurmi, der sowieso dringend einen Baum aufsuchen mußte. Dagmar sah die Ratte an und sagte:

„Is gar nich so schlimm, so 'ne Ratte."

Harald hatte schon Mitleid mit dem Tier, das da in seiner Falle hockte und von allen angegafft wurde. Herr Bohle guckte sich alles an und kniff die Lippen zusammen. Dann kratzte er sich den Kopf und sagte:

„Vergiften kann ich sie dadrin nicht. Ein Gewehr hab' ich auch nicht. Den Stadtkämmerer zu holen, dafür ist eine Ratte zu wenig. Bleibt nur Wasser."

Steffi zog sich zurück. Dagmar blieb noch eine Weile, verschwand dann aber auch nach oben, als Herr Bohle mit dem Schlauch und einem großen Eimer kam. Er arbeitet nicht gern mit soviel Augen im Rücken und sagte:

„Also, macht mal Platz, verschwindet, sonst beißt sie euch noch."

Mädchen waren schon nicht mehr da, die Jungen zogen sich etwas zurück. Herr Bohle füllte mit dem Schlauch den Eimer.

„Halt mal", sagte er zu Jochen, der ihm am nächsten stand.

Der nahm den Schlauch, und Herr Bohle legte ein Stück Packpapier über die Falle, hob sie hoch und ließ sie in den Eimer fallen. Jochen erkannte seine Chance. Er richtete den Wasserstrahl auf den Eimer, der fiel um, die Falle sprang auf, die Ratte sauste hervor. Ein Geschrei erhob sich, als sei der Rattenfänger von Hameln unterwegs. Herr Bohle schimpfte fürchterlich, riß Jochen den Schlauch aus der Hand und richtete ihn auf die Ratte, die im Zickzack über den Weg auf den Rasen rannte. Da schoß mit wildem Gekläff Nurmi hervor, raste hinter der Ratte her, erwischte sie, packte zu, schüttelte und hielt sie stolz in der Schnauze wie ein abgerichteter Jagdhund.

Allgemeiner Jubel erschallte. Harald stand etwas betrübt dabei. Vielleicht hätte man sie doch zähmen können wie seinerzeit der Nachtwächter im Fernsehen. Nurmi aber genoß von Stund an großes Ansehen. Hatte man ihn bisher für einen durchaus mittelmäßigen Vierbeiner gehalten, so wurden seine Taten jetzt denen des Herkules gleichgestellt.

Der Platz vor dem Haus sah nach diesem Intermezzo etwas mitgenommen aus. Die Wasserfluten hatten Rasen und Wege überschwemmt und natürlich auch sämtliche Füße. Überhaupt war man nicht mehr recht trocken am Leib. Die Fahrräder boten in ihrem unordentlichen Durcheinander auch keinen erfreulichen Anblick, und Herr Bohle fuhr ärgerlich zwischen die Versammlung der Zuschauer:

„Jetzt seht mal zu, daß hier Ordnung gemacht wird..."

Man wollte aber von ihm wissen, ob die Ratte nun auch ein anständiges Begräbnis bekäme. Darauf nahm er den Schlauch, richtete ihn auf die Kinder und sagte:

„Wenn ihr nicht sofort mit den Rädern verschwindet, drehe ich den Schlauch noch mal auf!"

„Keine schlechte Idee — ist sowieso ziemlich warm",

fanden die Kinder. Aber diesmal wurde nichts daraus. Herr Bohle sah ziemlich unfreundlich drein, und es wäre wohl kein Spaß geworden wie sonst, wenn er gute Laune hatte und sich mit den Rasensprengern beschäftigte.

So verstreuten sie sich. Dirk verschwand mit seinen Anhängern auf der Wiese und hielt wohl wieder einen Rat ab, ob man nun ein Lager errichtete oder nicht. Mamalizzi sah aus dem Fenster und meinte: „Kommt rauf, wir essen bald."

Da erinnerte sich Jochen: „Wo ist eigentlich der Beutel mit dem Werkzeug und dem anderen Kram?"

Weil sich unter dem Kram auch Kaugummis befanden, die jetzt sehr willkommen gewesen wären, beschlossen die Jungen, den Beutel zu holen. Mamalizzi aber sah voraus, daß sie lange nicht wiederkommen würden, wenn sie alle fuhren, und darum entschied sie, daß nur Jochen fahren sollte. Achimderstarke wollte unbedingt mit. Seine Mutter war nicht zu Hause. Also radelten die beiden los. Sie kürzten den Weg ab und fuhren über das Grundstück des Musikvereins „Harmonie". Das hatte der Wirt zwar gar nicht gern, aber wenn er nicht hinsah, machten es die Jungen eben doch.

„Scheint doll was los zu sein", bemerkte Jochen.

„Um die Zeit ist hier eigentlich nie was los. Nur Samstag und Sonntag. Vielleicht 'ne Sondersitzung oder so was", erwiderte Achim. Sie bogen gerade vom Platz auf den Weg ein, da flog hinter ihnen die Tür des Lokals auf, und Stimmen wurden laut:

„Mach bloß, daß d' hoimkommsch."

„... und laß de net wieder blicke!"

Achim und Jochen sahen sich um. Der Wirt stand da und ein paar Gäste. Ein junger Bursche lief über den Platz davon. Er schien gemeint zu sein.

„War sicher besoffen."

„Betrunken — würde meine Mutti sagen..."

Der Bach war schnell erreicht, der Beutel fand sich. Jochen und Achim versahen sich mit einem Kautzki, schwangen sich auf ihre Drahtesel und radelten heimwärts. Die Wege waren menschenleer. Feuchtigkeit stieg aus den Wiesen. In einem hohen Baum sang eine Amsel. Fern knatterte es, dann war es ganz still.

„Komisch, wenn's so ruhig ist", sagte Achim. Jochen fing an zu pfeifen, und Achim pfiff mit.

So erreichten sie das Grundstück des Musikvereins. Auf dem Parkplatz standen außer den zwei Pkw von vorhin jetzt einige Motorräder. Drinnen spielte die Musikbox sehr laut, und es lärmte in einer Weise, die man von diesem soliden Vereinslokal nicht gewöhnt war.

„Komisch", sagte Achim wieder, „um die Zeit... und außerdem singen die meistens, wenn man überhaupt was hört..."

„Komm, wir gehn mal rein", sagte Jochen neugierig, „wir können ja 'ne Limo trinken." Er klapperte mit ein paar Münzen in der Tasche.

„Der Wirt sieht uns nicht gern, weil wir hier immer durchfahren, obwohl er's verboten hat, und weil wir auch schon mal über Zaun steigen und Minigolf spielen, ohne zu zahlen."

„Ach was, komm, wir gehn mal rein..."

Sie stellten die Räder ab und näherten sich der Tür. Von drinnen ertönten laute Stimmen. Achim zögerte und hielt Jochen zurück, der schon reingehen wollte.

„Wart mal, da stimmt doch was nich..."

Achim lauschte. Er erkannte die Stimme des Wirtes. Dann waren da zwei oder drei Stimmen von jungen Männern, die in einer sehr auffallenden Weise mit dem Wirt sprachen. Jochen sah durch das Schlüsselloch. Aber hinter der Tür schien jemand zu stehen — das Schlüsselloch war verdeckt. Durch den Lärm der Musikbox konnte man nicht verstehen, was da geredet wurde. Da rief der, der hinter der Tür stand, etwas in den Raum, was die Jungen sofort verstanden und sie ordentlich zurückprallen ließ:

„Mensch, mach sie fertig, die alten Zickenbärte..."

Ohne zu zögern rannten die Jungen zu ihren Rädern und radelten wie die Teufel die Köstlinstraße hinunter. Sie erreichten ihr Haus in einem Tempo, das ihnen noch im nachhinein phänomenal erschien. Schon von weitem riefen und schrien sie:

„Polizei, Polizei! Der Musikverein wird überfallen!" Die Jungen auf der Wiese hörten es und waren sofort auf den Beinen, allen voran Dirk:

„Auf die Räder, auf die Räder, zum Musikverein!"

Ein paar brave Anwohner, die in ihren Gärtchen die Blumen gossen, schüttelten die Köpfe — immer diese Jungen, wie die Wilden... Im Handumdrehen war das Haus alarmiert, waren alle auf den Beinen oder auf den Rädern und auf dem Weg zum Musikverein. Einige wurden auf der Lenkstange oder auf dem Gepäckständer mitgenommen.

Vaterachim und Vaterpaul waren die ersten Erwachsenen vor dem Haus. Nach kurzem Disput sprangen sie in ein Auto. Vaterschumacher und Herr Schmittvonganzoben folgten in kurzem Abstand. Das Grundstück des Vereins war in zwei Minuten erreicht. Die Autos parkten so in der Ausfahrt, daß sie nicht mehr passierbar war. In der Ferne hörte man schon die Sirenen der herbeigerufenen Polizei. Die Jungen aber waren die ersten auf dem Grundstück. Sie waren so zahlreich, daß sie sich gar nicht fragten, ob sie jetzt besonders mutig sein müßten, wenn sie die Tür des Lokals aufreißen und hineinstürmen würden. Sie stürmten das Lokal geradezu, und es gab ein fürchterliches Drängen, Schubsen, Schreien, Raufen, Stoßen, Boxen, Schlagen, Hauen, als die beiden „Banden" auf die Rocker trafen, die im Lokal dabei waren, den Wirt und die wenigen Gäste mit Ketten zu traktieren und die Einrichtung zu demolieren. Sie mochten acht oder neun sein. Die Jungen waren nur mit ihren Fäusten ausgerüstet, wurden aber von den heroischen Gedanken getragen, einer guten Sache zu dienen. Die Kleinen hängten sich zu zweit oder dritt an die Rocker und überließen es den Großen, weiter oben ihr Werk zu tun. Es wurde gebissen in alles, was nach Fleisch aussah, gegen alle erreichbaren Schienbeine getreten und an Haaren gerissen, wo immer man sie erreichte. Nein, es wurde nicht fair gekämpft, alle Mittel waren erlaubt. Harald und Achim legten einen Rokker in seine eigene Kette, indem jeder ihm ein Kettenende um die Beine legte und ihn damit zu Fall brachte. Beim Sturz riß er gleich einen seiner Kumpel mit, der sich verzweifelt aus dem Gewirr von Armen, Beinen, Lederriemen und Ketten herauswinden wollte. Jochen erinnerte sich an ähnliche Szenen aus Westernsaloons, ergriff ein kleines Fäßchen, das mal eine Siegestrophäe dargestellt hatte und noch den Wimpel des Vereins trug, und schmetterte es dem nächstbesten Lederbejackten aufs Haupt. Der brach prompt zusammen und wurde unter einem Knäuel von zappelnden Jungen, die in ihrer Mitte einen Rocker hielten, begraben. Dirk stand auf der Theke und warf mit wechselndem Erfolg Portionsfläschchen mit Verdauungsschnaps in die Keilerei. Olli und Jürgen hatten sich entschlossen, es mit Stühlen zu versuchen. Dirks Mannen hatten einen Rocker an Armen und Beinen gepackt und versuchten, ihn durch die Tür ins Freie zu schaffen. Dirk kommandierte dazu von oben:

„Weiter rechts, in die Lücke! Dann gerade durch. Die Tür ist frei! Hau-ruck!"

Jochen sprang zu ihm auf die Theke:

„Mensch, doller Platz — kann man alles sehen!" schrie er, langte nach hinten ins Regal, kam dem Wirt in die Quere, der ihn daran hinderte, Flaschen herauszunehmen, verlor das Gleichgewicht und polterte hinter den Tresen.

Der Wirt schrie: „Ist schlimm genug hier! Muß nicht auch noch Blut fließen, verstanden!"

An einem Fenster hockte Olaf, trat mit den Beinen in die Menge und sah immer wieder nach draußen. Dann endlich konnte er die Meldung loswerden, die ihm am Herzen lag:

„Waaache, die Waaache kommt!"

Der Wirt stürzte an die Tür, wo die Väter erschienen waren, um ihre Söhne zu retten. Sie schnappten alles, was nach Kindern aussah, und begannen, die Parteien zu sortieren. Die Polizei konnte sich freuen, als sie schließlich am Tatort erschien. Sie brauchten nur noch festzunehmen. Irrtümlich auch Achim und Dirk, weil sie besonders groß waren. Als sie hinter dem Tresen Jochen fanden, der dort seelenruhig ein Fläschchen Verdauungsschnaps probierte, nahmen sie den auch noch auf die Seite der Übeltäter, wogegen allerdings rasch Einspruch erhoben wurde.

„Ist ja nicht leicht, hier Spreu vom Weizen zu trennen", entschuldigte sich nachher der Beamte.

Es sah schlimm aus im Lokal „Harmonie", es hatte in seiner Vereinsgeschichte noch nie einen so unharmonischen Tag gesehen. Zwei Gäste mußten ins Krankenhaus gebracht werden. Der Wirt kam mit ambulanter Behandlung davon, auch ein paar der Jungen, ein ausgerenkter Arm, ein verstauchter Fuß, einer blutete aus der Nase, andere hatten Beulen, Kratzer und eine Fülle von blauen Flecken.

Als die Rocker alle in Reih und Glied standen und man Muße hatte, sie genauer anzusehen, da entdeckten die Jungen vom Palisadenhaus unter den Festgenommenen auch ihre beiden großen Peiniger, den Dunklen und den Blonden. Sie mußten allerdings schon ziemlich genau hinsehen, denn die jungen Burschen unterschieden sich wenig voneinander. Die gleichen Jacken und Jeans und jetzt auch noch an ziemlich den gleichen Stellen Kratzer, Flecke, Beulen, ein paar Bißwunden. Harald flüsterte seinem Vater zu:

„Der dritte und der vierte von links — das sind die aus dem Wald."

Vaterpaul sah genau hin und mußte sich zurückhalten, sonst hätte er sie sich gleich hervorgeholt und ihnen die Rechnung präsentiert. Aber dafür war ja nun die Polizei zuständig, die an Ort und Stelle die ersten Ermittlungen aufnahm. Die Autos mußten aus der Einfahrt gesetzt, die Motorräder sichergestellt werden, und ein Überfallwagen wurde herbeordert.

Der Wirt sagte aus, daß gegen 16 Uhr ein junger Mann im Lokal ein Bier verlangt habe. Einer von denen da draußen. Er habe sich frech und herausfordernd benommen, die Box angestellt und herumgelärmt, die Gäste belästigt, sie Zickenbärte genannt. Darauf hatte der Wirt ihn kurzerhand vor die Tür gesetzt. Eine Viertelstunde später sei er dann mit seinen Freunden zurückgekommen.

„Ond no isch's losgange. Die hen gar net erst gfackelt. Ond wieso die Buabel do so plötzlich älle reikomme send — des woiß i nedde. Jedenfalls han i die noch nie so gern gsähe wie desmol..."

„Kannten Sie die Jungen?" fragte der Beamte.

„Die moischte scho. Die radlet doch emmer über mei Grundstick and kletteret über da Zaun."

Der Beamte räusperte sich belustigt:

„Haben Sie dagegen nicht mal unten auf der Dienststelle Einspruch erhoben und mit Genehmigung ein Schild aufstellen lassen, daß das Betreten und Befahren des Grundstückes nur den Gästen erlaubt ist?"

„Jo, des han i. Aber des Schild kommt wieder weg", erklärte der Wirt entschlossen.

Der Beamte schmunzelte:

„Na, des isch jo aber au a erfreuliches Ergäbnis."

Aber dann kam er ganz schnell wieder zur Sache. Die Gäste wurden verhört und konnten dann endlich heimgehen. Danach kamen die Jungen an die Reihe. Der Beamte erschien aus dem Nebenraum:
„Wer hat Alarm geschlagen und wer sind die Anführer?"
Alle schrien durcheinander.
„Moment mal", sagte Vaterpaul mit erhobener Stimme, „Alarm geschlagen haben Jochen und Achim."
Der Beamte bugsierte sie ins Nebenzimmer.
„Und ihr einigt euch inzwischen mal, wer der Anführer ist, klar?"
Die Väter mußten auch noch reinkommen und hörten dann ganz genau, wie es denn zu der ganzen Sache gekommen war. Im Kopf des Beamten entstand so nach und nach ein lückenloses Bild des Herganges. Jetzt waren nur noch die Jugendlichen, die das Lokal überfallen hatten, zu identifizieren.

Inzwischen war draußen Bewegung entstanden. Der Überfallwagen fuhr vor, vier Polizisten sprangen heraus. Sie waren bereit, die Festgenommenen abzutransportieren. In dem Augenblick lief einer aus der Gruppe zur Fensterbank und sprang mit einem Satz durch das rasch aufgerissene Fenster. Olaf, der dort gehockt hatte, wurde rücksichtslos heruntergezerrt und saß verdutzt auf dem Boden. Es entstand ein Durcheinander, und um ein Haar wären noch ein paar mehr geflüchtet, wenn nicht Vaterschumacher und Vaterschmitt den Polizisten zur Seite gesprungen wären. Zwei folgten dem Flüchtenden in den Hof, wo bei der Jagd eine Wassertonne zu Bruch ging und eine Kiste mit leeren Flaschen herunterpolterte. Die Schuppentür widerstand nicht lange, das Schloß zerbrach, der Flüchtling war gestellt.

Zehn Minuten später war es etwas ruhiger im Gastraum. Man hatte etwas Ordnung gemacht, Tische und

Stühle aufgestellt und die zerbrochenen Gegenstände zusammengetragen.

Der Wirt sagte: „So, jetzt gäb i oin aus — wenn no ebbes do isch!"

Er stellte Limonade, Bier und Korn auf den Tisch, fand saubere heile Gläser und schenkte ein.

„No laßt's euch schmecke!"

Jochen und Achim kamen mit den Vätern heraus. Der Beamte fragte:

„Also, wer ist der Anführer?"

Als sich keiner meldete, wunderte er sich:

„So ebbes! Sonst wollt ihr doch immer alle Anführer sein. Wenns dann was zu belobigen gibt wegen Hilfe bei der Aufrechterhaltung der öffentlichen Ordnung, dann müsset mer wohl ein Saal miete. Also, entweder ihr einigt euch auf einen von euch — oder" — und er zwinkerte den Vätern zu —, „oder ihr kommt eben alle."

Da machte Olaf sich ganz schnell bemerkbar, trat vor und sagte mit einem tiefen Ton der Bereitschaft:

„Also wenn keiner will, dann bin ich der Anführer, Herr Wachtmeister."

Die Jungen brachen in schallendes Gelächter aus, hoben ihn auf die Schultern und riefen:

„Hoch soll er leben, unser Anführer, dreimal hoch!"

Alle tranken Limonade und waren nur schwer zu bewegen, den Ort ihrer Heldentaten zu verlassen.

Als sie sich mit ihren Rädern heimwärts bewegten, mehr schiebend als fahrend, wußte man nicht recht, ob das eine Folge der nicht enden wollenden Erörterungen über den Vorfall war oder ob man es den Nachwehen zuschreiben mußte, die sich langsam an Gelenken und auf bestimmten Körperteilen bemerkbar machten und zweifelsfrei als Folgen der Schlacht angesehen werden konnten.

Vaterpaul wollte gerade zu Vaterachim in den Wagen steigen, da erinnerte er sich:

„Wir haben ganz vergessen, den Beamten zu sagen, daß zwei von den Leuten die aus dem Wald sind."
Er kehrte um und informierte den Beamten.
„Des isch jo prima", sagte der Beamte gemächlich, und Vaterpaul fand, daß er eine etwas seltsame Art habe, mit den Dingen umzugehen.
„Ihr Sohn ist weg, die Rocker sind weg, also dann verschieben wir das aufs Revier oder sehen uns im Untersuchungsgefängnis."
Vaterpauls Aussagen wurden mit dem Hinweis auf den Überfall im Wald ergänzt, dann konnte er endlich gehen.

Es vergingen fast vierzehn Tage. Jochen wurde schon nervös, weil er fürchtete, daß die Verhandlung über den Vorfall in der „Harmonie" erst nach den Ferien erfolgen könnte. Aber dann kam eine Aufforderung, morgens um neun Uhr bei der Dienststelle sieben im Präsidium vorzusprechen. Allerdings war sie nur für Vaterpaul und Harald bestimmt. Doch Jochen fand es nur selbstverständlich, daß er mitgehen dürfe. Auch Vaterachim und Vaterschumacher bekamen einen Brief. Jochen ärgerte sich, daß er hier in Stuttgart nur einen Onkel, aber keinen ordentlichen Vater vorzuweisen hatte, sonst wäre er sicher auch offiziell aufgefordert worden zu erscheinen.
Alle fanden sich frühzeitig vor dem Haus zusammen und fuhren im Konvoi zum Präsidium. Dort wurde man angewiesen, im Korridor des 7. Stockes Platz zu nehmen und sich ruhig zu verhalten.
Die Jungen waren wegen der Erhabenheit des Hauses vorerst ohnehin schweigsam. Sie saßen da frisch gewaschen, freiwillig gekämmt, mit sauberen Hemden oder Pullis, ordentlichen Hosen und geputzten Schuhen. Sie hatten noch die Aufforderung der Mädchen im Ohr:
„Benehmt euch anständig bei der Polizei. Bohrt nicht in der Nase und redet nur, wenn ihr gefragt werdet."

Natürlich wären sie gern mitgekommen. Aber Steffi war dann doch froh, daß sie zu Hause bleiben konnten, denn Großmama hatte immer gesagt: „Wen die erst mal in den Fingern haben, den lassen sie so schnell nicht los!"

So fütterte sie mit Dagmar den Spatzen. Der hatte sich ein feines Federkleid angegessen und einen kleinen Schnabel bekommen. Er konnte auch fliegen und schlief nachts auf der Lampenschnur im Zimmer der Mädchen. Selbstverständlich konnte er sich seine Nahrung jetzt selbst einverleiben.

„Er muß bald raus", sagte Mamalizzi.

Aber die Mädchen hörten nicht darauf und machten sich, begleitet von Fips, ans Staubwischen.

Sie fingen schon an, ungeduldig zu werden, wann denn die Jungen wiederkommen würden, da saßen die immer noch auf der Bank im Korridor des 7. Stockes des Präsidiums.

„Geht aber nicht schnell bei der Polizei", sagte Jochen.

„Haben sicher 'nen eiligen Fall", erklärte Olli und guckte ernst aus seinen blitzblauen Augen.

Jürgen kratzte sich die Backe:

„Die in den Krimis sind immer schnell."

„Manchmal kommen sie da schon, bevor das Opfer tot ist", grinste Achim.

Harald rubbelte seinen Daumennagel über die Unterlippe:

„Blödsinn. Also, wo kann man denn hier mal raus?" Er rückte unruhig auf der Bank hin und her.

Jochen stand auf: „Gehn wir mal suchen, muß ja da sein."

„Und wenn wir gerade dran sind?" fragte Jürgen unschlüssig.

„Die warten schon, wir sind schließlich die Zeugen", Jochen fühlte sich jedenfalls so.

Vaterschumacher gebot:

„Jeder für sich, nicht alle auf einmal."
„Ich muß gar nicht mehr", sagte Harald.
Da ging eine Tür auf, und alle sahen erwartungsvoll hin. Ein Beamter kam mit einer Akte in der Hand, schlug sie auf:
„Harald Hensler, ist der da?"
Vaterpaul stand auf und zog Harald mit hoch.
„Der Junge kann warten", sagte der Beamte.
„Der Junge ist Harald Hensler", sagte Vaterpaul und ging einfach mit Harald in das offene Zimmer, denn auch ihm war die Warterei langsam zuviel. Die Tür ging hinter ihnen zu, und sie mußten sich erst einmal wieder hinsetzen und warten, bevor der Beamte von seinem Schriftstück aufsah. Dann ging die Fragerei nach den Personalien wieder los — alles Sachen, die die Polizei schon wußte. Aus lauter Angst, einen Falschen zu verhören oder zu verhaften, fragten sie dreizehnmal, wann man geboren war.
„Du bist also am 13. dieses Monats im Forststück XXX überfallen worden?"
„Ob das im Forststück XXX war, weiß ich nicht — es war da, wo wir unser Haus gebaut haben."
„Also", sagte der Beamte und legte die Arme auf den Tisch, „du antwortest jetzt erst mal nur mit Ja und Nein, sonst werden wir nicht fertig. Du bist..." er wiederholte die Frage noch einmal, und Harald sagte „Ja."
„Hast du die Männer genau gesehen?"
„Ja."
„Wie viele waren es?"
„Ja, es waren drei. Einer war kein..."
„Nur ja oder nein, nicht abschweifen, klar?"
„Ja."
„Also drei?"
„Ja."
„Sie waren auch bei dem Überfall auf das Lokal ‚Harmonie'?"

„Ja, zwei davon."

„Würdest du sie wiedererkennen?"

„Ja, klar."

„Na, dann wollen wir mal sehen." Der Beamte stand auf und sagte zu Vaterpaul: „Bitte warten Sie einen Moment."

Er ging mit Harald in einen Nebenraum und wies ihn an, sich auf einen Stuhl zu setzen, der gegen die Wand hin stand. Harald fühlte sich sehr unwohl, als er die Wand mit dem Vorhang ansehen mußte.

„Paß auf", sagte der Beamte, „du siehst gleich eine Reihe von Männern. Auf dem Bildschirm ist über jeder Person eine Nummer. Wenn du jemanden zu erkennen glaubst, dann drückst du auf die gleiche Nummer auf deinem Armaturenbrett. Hast du das verstanden?"

Der Vorhang ging zur Seite, und Harald sah einen Bildschirm und das Armaturenbrett vor sich.

„Klar, habe ich verstanden."

„Ja oder nein, habe ich gesagt, damit wir keine Zeit verlieren und uns nicht mißverstehen."

Harald nickte. Das Licht ging aus. Auf dem Bildschirm erschienen sechs Männer, die gleich angezogen waren. Harald erkannte den ersten als den Blonden, den der Dunkle „Andy" genannt hatte. Der Dunkle war nicht dabei. Der Bildschirm erlosch, das Licht ging wieder an.

„Hast du sie gefunden?"

„Nein, nur einen", sagte Harald bekümmert.

„Hast du dich auch nicht geirrt?"

„Nein, bestimmt nicht, meiner hatte einen Ohrklips."

„Wie bitte?" fragte der Beamte und vergaß ganz, auf seinem Ja und Nein zu bestehen.

„Der zweite war dunkel und hatte im linken Ohr einen Klips, irgend etwas blitzte jedenfalls", sagte Harald, froh, mal einen ganzen Satz sprechen zu dürfen.

„Dann zeigt ihm mal die nächste Gruppe, Jungs", gab der Beamte Anweisung. Harald nickte befriedigt:

„Da isser", und drückte die Nummer vier. Er lehnte sich zurück und atmete tief. Der Beamte ging wieder in das Büro zu Vaterpaul und sagte:

„Prima Bursche, Ihr Harald. Hat sich nicht bluffen lassen. Solche Zeugen haben wir gern. Nur reden tut er ein bißchen viel."

Dabei blinzelte er übertrieben ernst zu Harald, der gerade hereinkam.

„Setz dich noch mal. Du hast deine Sache gut gemacht. Es will nämlich keiner von den Burschen da draußen im Wald bei euch gewesen sein. Aber wenn deine Kameraden nun auch noch bestätigen, was du sagst, dann ist die Sache klar."

Ein Beamter kam und brachte eine Akte. Darin waren zwei Fotos, eines von Andreas Fein, der andere hieß Emil Wolf. Die Fotos wurden auf den Tisch gelegt, und die anderen durften hereinkommen und sie sich ansehen. Einer nach dem anderen. Alle bestätigten Haralds Aussage. Es fiel auch gar nicht auf, daß Jochen mitkam, was ihm die Bemerkung entlockte:

„Also so gut passen die ja nun auch wieder nicht auf! Wenn ich nun ein Bömbchen bei mir gehabt hätte..."

Bald danach konnten Väter und Söhne sich in ihre Wagen setzen und heimwärts fahren.

Sie wurden begeistert und sehr neugierig empfangen. Selbst Dirk und seine Anhänger standen da und schrien, als ob Weltumsegler in die heimische Bucht einliefen. Sie wollten alles ganz genau wissen, versteht sich, daß sie für diesen Tag die besten Freunde waren. Selbst Achimderstille war unter ihnen und durfte teilhaben an dem reichlich ausgeschmückten Bericht, den jeder auf seine eigene Weise erzählte. Zum Schluß hatten alle es so oft und so gut gehört, daß sie glaubten, selbst dabeigewesen zu sein.

9 Die Kraftprobe

Ein Fest zu Ehren...

Daß nach diesen Ereignissen das Lindenthal wieder stark gefragt war, versteht sich von selbst. Da die Störenfriede hinter Schloß und Riegel saßen, fühlten sich die Jungen sicher und wie im Paradies. Das hatte zur Folge, daß der Übermut hoch ins Kraut schoß. Die Jungen vollführten in den nächsten Tagen einen Spektakel auf der Wiese, am Bach, auf den Wegen und am Hasenbrünnele, daß die Spaziergänger, Radfahrer und Friedhofsbesucher den Kopf schüttelten und es eines schönen Nachmittags dann den Forstgehilfen zu Ohren kam, die die Waldstücke routinemäßig kontrollierten. Mit der üblichen Übertreibung, die jungen Menschen angeboren zu sein scheint und die sie dann zeigen, wenn ihnen eine Sache ganz besonders großen Spaß macht, trugen die Freunde ein Gefecht aus. Erst mit Stecken, die sie abgebrochen hatten, dann mit jungen Bäumen, deren Stämme sie bogen und ritten wie Steckenpferde, versuchten sie ihre Gegner zu überwinden. Es mußte eine Art Ansteckung sein — einer war schlimmer als der andere. Der Wald hallte wider von ihrem Getöse. Die Forstgehilfen hatten nicht genug Stimme, um dagegen anzukommen. Erst als einer seine Moped-Hupe auf Dauerton stellte, wurde das Geschrei und Gejohle nach und nach schwächer und endete in einer verlegenen Stille. Sie rutschten hastig von den Bäumen, Jochen, Achim, Harald, zupften ihre Hemden und Pullis zurecht und fingen unter den drohenden Blicken der beiden in grünen Hosen und Hemden an, die ruinierten Äste und Zweige von der einen Seite auf die andere zu legen, räusperten sich, vermieden es, den Blicken der beiden zu begegnen, und brummelten vor sich hin:

„Schöne Bescherung..."
„Mensch, ich hab' doch gleich gesagt..."
„Mußte ja so kommen..."

„Wer hat bloß angefangen mit dem Blödsinn..."
„Als ob das jetzt noch wichtig wäre..."
Es war ihnen unheimlich, daß die beiden gar nichts sagten. Das machte sie nervös. Stefan, der diesmal gar keine Rücksicht auf seine Gesundheit genommen hatte, wollte sich gerade im Zuge des Aufräumens durch einen Busch verdünnisieren, da fuhr den Jungen eine gewaltige Stimme durchs Gebein:
„Hiergeblieben!"
Sie zuckten zusammen und schauten erschrocken hoch. Der Kleinere der beiden, kräftig und untersetzt, war näher gekommen und stand nun mit gespreizten Beinen vor den Jungen:
„Ihr nixnutzigs Lompapack, ihr Burscht, ihr verdorbene! Do wird in dem Wald jahraus, jahrein gschafft, damit der Wald en Wald isch, und da kommt ihr Lauser daher und richtet en Schaden an, daß's einen graust. Jo, habt ihr denn nie was von Umweltschutz g'hört? No wird des aber allerhöchste Zeit. Mer werdet eure Elderen schon klarmache, daß sie do ebbes versäumt hen."
Er zog einen Block aus der Tasche und einen Stift.
„Stellt euch der Reihe nach auf und sagt, wie ihr heißt und wo ihr wohnt."
Jochen sah seine Chance und sprang vor:
„Jochen Hensler aus Köln."
„Des macht nix", sagte der Forstgehilfe.
Als Harald seinen Namen sagte, sah der Gehilfe kurz auf:
„Dein Bruder?"
„Mein Vetter, ich wohne..."
Der Forstgehilfe notierte und war sehr zufrieden, daß er die Anschrift nur einmal zu schreiben brauchte.
„Scheint ja ein feines Haus zu sein, wo ihr da wohnt..." bemerkte er. Die Jungen schämten sich ein bißchen. Darauf verschwanden die beiden mit ihren Mopeds.

Für heute hatten alle keine Lust mehr. Sie kamen frühzeitig zum Mittagessen nach Hause und fielen den Rest des Tages ihren Müttern und Herrn Bohle auf die Nerven, weil sie vor der Haustür herumsaßen, die Bewohner behinderten, ihre Räder an unpassenden Stellen parkten und vor allem, weil sie auch noch alle anderen Kinder der Straße anzogen. Man beschloß, ins Schwimmbad zu fahren. Als alle versammelt waren, fing es an zu regnen. Damit war der Aufenthalt vor der Haustür zwar auch beendet, aber in den Wohnungen war es nicht viel besser.

Harald hockte auf der Fensterbank seines Zimmers, sah mißmutig in den Regen und ritzte Geheimzeichen in die Tapete. Fips saß auf seiner Schulter und plusterte sich gemütlich. Jochen dribbelte einen Turnschuh durch den Flur, Nurmi hielt das für ein herrliches Spiel. „Los, rechts lang, weiter! Links lang, zurück, Dussel, weiter ansetzen, anpeilen. Schuß und Tor!"

Der Schuh landete auf der Tür zum Mädchenzimmer. Dagmar riß sie auf und schrie:

„Laß das jetzt, sonst..."

„Sonst was?"

Dagmar baute sich vor ihrem Bruder auf. Mit schräggestelltem Kopf und herausforderndem Blick sagte sie:

„Sonst verhaue ich dich."

„Daß ich nicht lache!"

„Ich zeig' dir's schon!" und Dagmar puffte Jochen gegen die Brust. Der drehte ihr den Arm um. Sie wand sich und trat ihn kräftig. Steffi kam und wollte Dagmar von Jochen wegziehen. Aber die hatte offenbar Lust, sich mit ihrem Bruder zu prügeln. Steffi schlug die Tür zu, nachdem sie böse gesagt hatte:

„Dann eben nicht. Ein feiner Anblick, ihr zwei! Machen Harald und ich nie!"

Jetzt hatte sie auch schlechte Laune und wäre am liebsten zu ihrer Freundin Anja gegangen. Als Dagmar dann

heulend ins Zimmer kam, kümmerte sie sich gar nicht um sie. Dagmar warf sich aufs Bett und schluchzte in ihren rechten Arm. Mit dem Fuß stieß sie die Tür auf, um besser sehen zu können, was sich draußen tat. Dreißig Minuten lang rührte sie sich nicht von ihrem Platz. Hin und wieder baute sie einen Schluchzer ein, warf ein Auge in den Flur und träumte so dahin. Mamalizzi hatte Jochen mit dem Rad zum Bäcker geschickt. Den Hund hatte er mitgenommen. Jochen paßte das zwar nicht, aber draußen war es bei dem milden Regen gar nicht schlecht. Außerdem würde es gleich Waffeln geben. Zu Hause meldete er:
„Auftrag ausgeführt."
„Sehr schön. Danke. Ihr könnt gleich die Waffeln in Empfang nehmen."
Harald hatte sein Lieblingsspiel aufgebaut. Es dauerte eine Weile, bis er alle überzeugt hatte, daß sie sich dabei köstlich amüsieren würden, aber schließlich saßen sie um den Tisch, und es war friedlich wie in einer leeren Kirche. Bald kam Vaterpaul, ein bißchen angestrengt, etwas nervös nach Hause, zog sich wortkarg zurück und wollte nach einer Stunde dann auch mitspielen, was die Stimmung erheblich verbesserte. Nebenbei wollte er allerdings auch wissen, was die Kinder so den Tag über gemacht hatten. Die Jungen wurden unangenehm erinnert.
„Och", sagte Jochen, „bißchen gespielt und so..."
„Sehr aufschlußreich ist das ja nicht. Wenn Harald so rumredet, hat er meistens was angestellt."
Aber weiter hakte Vaterpaul nicht nach. Vielleicht wollte er auf keinen Fall Unfrieden in den Abend bringen. So gingen die Kinder ins Bett, ohne etwas verlauten zu lassen.
Harald schlief unruhig. Er kannte seinen Vater. Eine eingeworfene Fensterscheibe wurde ohne viel Aufhebens bezahlt. Auch als Harald Olli einen Stein an den Kopf geworfen hatte und der beim Arzt genäht werden mußte,

war Vaterpaul nicht aus der Haut gefahren, sondern hatte ihm nur eine Lektion in Unvorsichtigkeit und ihren Folgen gegeben. Aber wenn es um Demolierungen ging, sei es an Fahrrädern oder im Garten, oder um diese Geschichte mit den Kaugummis in den Haaren und Pullovern, wo die Haare abgeschnitten und die Pullover weggeworfen werden mußten, da wurde Vaterpaul sehr böse und konnte sich verflixt gute Strafen ausdenken. Jochen schlief indessen wie ein Bär. Was die Sache im Wald betraf, fühlte er sich hier „auf Besuch," also nicht verantwortlich. Und Wichse gab es hier ja sowieso nicht.

Die Sommerferien neigten sich dem Ende zu. Vaterbernd wurde erwartet, der Dagmar, Jochen und den Hund nach Hause holen wollte. Die Jungen trauten sich nicht mehr in den Wald und spielten auf der Hochgarage Rollschuh-Hockey. Die Mädchen wunderten sich:

„Jetzt, wo sie nicht mehr überfallen werden können, macht's ihnen wohl keinen Spaß mehr im Lindenthal."

Sie schlenderten mit den Freundinnen die Feldwege entlang, Nurmi an der Seite, krochen durch den Zaun, um Sauerkirschen zu stibitzen, und machten Minipicknicks. Fips hatten sie an einem Tag auf dem Balkon in das Futterhäuschen gesetzt und stundenlang gewartet, daß er nun endlich in die Freiheit flöge. Schließlich war er in die Büsche getaucht, nach einer Stunde aber wieder auf dem Nachbarbalkon gesichtet worden, von wo er Harald auf die Schulter flog und wieder mit ins Haus genommen wurde, weil der Abend kam. Andemtags hatte Steffi ihn zu ihrer Freundin gebracht, im Garten hatte er ein Bad genommen, sich vollgefuttert und war über Nacht draußen geblieben. Die Kinder machten sich große Sorgen, denn es kam ein Gewitter, der Spatz aber hatte seine Freiheit mit allem Für und Wider.

Die Mädchen kamen von einem ihrer Kirschenausflüge zurück und gingen über den Platz vor dem Vereinslokal „Harmonie". Da stand auf einem großen Schild:

SONNABEND GROSSES KINDERFEST
IM WIEDERERÖFFNETEN GASTHAUS
H A R M O N I E

Etwas kleiner darunter lasen die Mädchen:
Das Fest findet zu Ehren der Mädchen und Jungen statt, die in mutigem Einsatz dem Wirt und seinen Gästen beigestanden haben.

„Mädchen", sagte Dagmar ehrlich erstaunt, „es waren doch gar keine dabei, oder?"

„Glaub' ich nicht", sagte Anja, „meine Mutter hat mich auch nicht dahin gehen lassen."

„Das müssen wir sofort den Jungen sagen", entschied Steffi.

Die Mädchen flogen nur so die Straße hinunter und zur Hochgarage.

„Hört mal, hört mal her!"

„So hört doch mal auf..."

„Jochen, Harald, hört mal, wir haben Neuigkeiten. Ruhe!"

Aber die Jungen spielten weiter. Was konnten die Mädchen schon wollen... Da änderten die Mädchen ihre Taktik, hockten sich auf die Mauer und erzählten den Umstehenden, was sie auf dem Schild gelesen hatten. Ein großes Geschrei ging los. Sie sprangen wild herum, schwenkten die Arme und waren außer sich vor Freude über das Fest. Dagmar und Steffi steckten sich einen Kaugummi zwischen die Zähne und betrachteten die ausgelassene Schar zufrieden. Einige der Jungen wurden neugierig und wollten wissen, was es da zu lachen gäbe. Die Mädchen aber ließen sich ein bißchen bitten, und weil die

Jungen aus dem Gerede der Umstehenden nicht schlau wurden, waren sie ganz ruhig und hörten zu.

Als die Botschaft heraus war, ging es allerdings dann so hoch her, daß Herr Bohle auf die Garage kam und wissen wollte, was denn jetzt schon wieder passiert sei.

„Wir kriegen ein Fest, wir alle, weil wir dem Wirt von der ‚Harmonie' gegen die Rocker geholfen haben", erklärte Harald.

„Na so was", sagte Herr Bohle, „denn freut euch man noch'n bißchen." Er entfernte sich mit dem Gedanken, daß dann wenigstens an dem Festtag Ruhe vor dem Haus herrschen würde.

Es war ein sehr schöner Samstagmorgen. Alle kamen frühzeitig hinter das Haus auf die Wiese. Um den Festtag vollkommen zu machen, hatten die Väter eine Schnitzeljagd vorgeschlagen. Bei der Einteilung in Jäger und Hasen gab es wie immer Unruhe und Differenzen. Einige wollten unbedingt Hasen sein, weil sie im vorigen Jahr Jäger gewesen waren. Schließlich hatte man eine Hasengruppe mit roten Schleifen am Arm und eine Jägergruppe mit grünen Bändern zusammen. Die Hasen begaben sich mit einem Vater als Leithase zum Hasenbrünnele, stellten die Räder ab und machten sich auf Geheimwegen ans Spurenlegen. Diese mußten verwirrend sein, aber schließlich doch zu einem ausgemachten Ziel führen, das wiederum nur dem Oberjäger bekannt war, damit die Orientierung nicht völlig danebenginge. Kurz vor dem Ziel würden sich die Hasen versteckt halten, um die Jäger dann anzugreifen und Jagd auf die grünen Bänder zu machen. Ein Hase ohne Schleife war ein erlegter Hase, ein Jäger ohne Band war ein toter Jäger. So jedenfalls war die Regel.

Bei dieser Schnitzeljagd schien es aber außergewöhnlich viele Zweifelsfälle zu geben. Die Hasen hatten so gründlich falsche Spuren gelegt, daß die Jägergruppe schon nach dreißig Minuten völlig auseinandergefallen war. Um Zeit zu sparen, hatte man verschiedene Spuren gleichzeitig verfolgen lassen, dabei die Zeichen verwischt, so daß schließlich keiner mehr wußte, wo es denn nun hin ging. Der Oberjäger blieb dann noch in einer Wurzel hängen und wäre um ein Haar in einen Graben gestürzt. Es war heiß auf den Lichtungen, und die Mücken fingen an, lästig zu werden, Zweige schlugen einem ins Gesicht, Dornen waren da — ein Schluck aus dem Hasenbrünnele müßte guttun.

„Also, ich weiß wirklich nicht, warum wir jedesmal wieder so wild auf das Spiel sind", stöhnte der Achim.

„Is doch 'ne richtige Schinderei", fand auch Jochen.

„Macht schon weiter, ich hab' eine Spur." Stefan wollte sich in eine Schonung schwingen, wo er Sägemehlspuren gesehen hatte.

Der Oberjäger schimpfte:

„Komm sofort zurück! Schonungen sind verboten!"

„Aber da ist eine Spur!"

„Höchstens, um uns irrezuführen..."

Der Oberjäger fluchte leise. Den Hasen würde er's schon noch heimzahlen. Sie waren vom Ziel so weit entfernt, daß man annehmen konnte, sie seien völlig ortsunkundig.

„Wir werden jetzt den nächsten Weg zur Räuberburg einschlagen und hoffen, daß wir die Zeichen wiederfinden", sagte der Oberjäger.

„Aha, wir müssen also zur Burg." Jürgen sprang freudig auf, um sich dann enttäuscht wieder hinzusetzen.

„Das nützt schon was Rechtes, wenn wir nicht wissen, von welcher Seite wir rankommen müssen..."

„Auf, ihr Jäger, wir werden schon noch ein paar Spuren finden, wenn den Hasen nicht das Sägemehl ausgegangen ist."

„Junge, Junge, wenn ich den ersten Hasen erwische..."

„Die können was erleben!"
„Kein Haar laß ich an denen!"
„Die werden glatt am Spieß gebraten!"
So trieben sie sich gegenseitig mit Racheschwüren vorwärts. Sie waren an einem steilen Weg. Den Berg herunter kamen zwei Mopedfahrer in grünen Hosen und grünen Hemden.
„Ach du Himmel", entfuhr es Jochen.
„Rein in die Büsche!" schrie Achim und riß Jochen mit in einen Seitenweg. Jürgen blieb stehen und fragte erstaunt:
„Was'n jetzt los?"
Da waren die beiden Forstgehilfen schon heran und wollten die Gruppe passieren. Der Oberjäger grüßte freundlich und wies die Jungen an, Platz zu machen. Die beiden hielten an und musterten Jürgen:
„Na, mal wieder unterwegs?"
Der lächelte verlegen und murmelte:
„Jo, mir machet halt e Schnitzeljagd!"
„Is des dei Vadder?"
„Ne", Jürgen bohrte seinen Blick in den Waldboden.
Die beiden grüßten noch einmal und fuhren davon. Der Oberjäger wollte wissen, was denn das zu bedeuten habe. Als Jürgen schwieg, sagte er aber nur:
„Also, ab jetzt, wir verlieren Zeit. Ich werde schon noch dahinterkommen, wenn's mich was angeht."
Achim und Jochen blieben von dieser Stelle an vermißt und fanden sich erst wieder bei der Burg ein, als schon alles vorüber war. Die Jäger hatten schließlich das Ziel erreicht, und dann mußten fast alle ihre Bänder hergeben, die an einen Stecken gebunden wurden und Auskunft darüber gaben, wer gewonnen hatte.
„Schöne Blamage", schimpften die Jäger.
„Das seid ihr schuld." Damit waren die Flüchtlinge gemeint. Und wie jedes Jahr ging ein großes Palaver dar-

über los, wer am unplanmäßigen Ausgang des Spieles schuld sei. Jedesmal wollten die Jäger keine Jäger mehr sein, und die Hasen waren nicht zufrieden, weil sie sich bei der langen Warterei auf die Jäger immer langweilten.

Bei Limonade und einem kräftigen Butterbrot im kühlen, schattigen Grün verlor sich die Diskussion aber bald. Alle kamen wieder in Stimmung, wenn sie an den Nachmittag dachten und an das Fest, das auf sie wartete.

Und wie das so ist — die Erinnerung vergoldet alles. Schon am Abend konnte man sie begeistert von der besten Schnitzeljagd aller Zeiten sprechen hören, so daß die, die nicht dabei gewesen waren, sie ordentlich beneideten.

Als Harald und seine Freunde unter sich waren, kam das Gespräch noch einmal auf die Begegnung im Wald.

„Hat er was gemerkt?" fragte Achim.

„Wer?" Jürgen hatte offenbar schon alles vergessen.

„Na, der Förster", drängte Achim.

„Welcher Förster?" fragte jetzt auch Harald.

„Also das war so", erklärte Jochen, „im Wald sind wir den Forstgehilfen von damals begegnet. Das heißt Achim und ich, wir sind abgehauen, wie ihr wißt, uns hat er nicht gesehen."

„Himmel", stöhnte Harald, „die haben mir heute gefehlt!"

„Klar", Jürgen war jetzt wieder auf dem laufenden, „die haben mich sofort erkannt und gefragt, ob des mei Vadder wär..."

„Dei Vadder... ach so. Na, denn haben sie sicher bis heute noch nichts unternommen."

„Mich trifft's nicht mehr", Jochen rieb sich die Hände, „am Montag bin ich weg."

Harald überlegte allen Ernstes, ob er die Sache nicht besser heute zur Sprache bringen sollte, denn er sah nicht ein, warum er es allein abkriegen sollte. Diese Überlegung bedrückte ihn, und das war ihm anzusehen. Mamalizzi meinte besorgt:

„Entweder er ist krank oder es ist, wie meine Mutter immer sagt: die Kinder sind übersättigt, sie werden zu sehr verwöhnt."

Vaterpaul hingegen erklärte einfach:

„Am besten bleibt er dann zu Hause."

Harald hatte es gar nicht gern, wenn seine Eltern so in seiner Gegenwart über ihn redeten — so als sei er Luft. Seine Laune wurde zusehends schlechter. Er mußte die Sache durchziehen, also ging er zu Jochen:

„Komm, wir gehen jetzt zu meinem Vater und sagen ihm das mit dem Wald, ich meine mit dem Förster."

Jochen sah ihn erstaunt an:

„Ich glaube, du bist jeck... sich den schönen Tag verderben mit so was..."

„Also ich kriege lieber jetzt eine Abreibung und kann mich dann richtig freuen, als daß ich dauernd dran denke."

„Also du spinnst. Ne, ohne mich."

„Dann geh' ich allein."

„Sieht dir ähnlich, alter Petzer."

Da hatte Jochen aber auch schon eine gewischt bekommen, und weil der sich das nicht gefallen ließ, gab es eine mittlere Zimmerkeilerei. Dagmar stürzte herbei, Nurmi stürzte herbei.

„Faß, Nurmi, faß!" rief Dagmar immer wieder, und Nurmi gebärdete sich wie verrückt, weil ihm unklar blieb, wen er zu fassen habe.

Steffi schrie wütend:

„Hört doch auf, hört doch auf — wir werden noch alle zu Hause bleiben können..."

Aber jeder wollte als letzter zugeschlagen haben. Deshalb mußte Vaterpaul eingreifen und ärgerlich die Burschen auseinanderzerren.

„Immer das alte Lied! Verdammt noch mal. Wenn ihr

euch unbedingt prügeln müßt, dann nicht in der Wohnung."

Man sah ihm an, daß er sich sehr ärgerte. Schließlich sagte er barsch:

„Verschwindet auf euer Fest. Ich will euch nicht mehr hier drin haben."

Harald hätte sich am liebsten ins Bett gelegt.

„Was die Jungs nur immer haben", sagte Steffi mit Kopfschütteln.

„Na hör mal", gab Dagmar zurück, „ist doch dein Bruder, der immer anfängt!"

„Na, jetzt hör aber auf!" entrüstete sich Steffi.

„Is doch wahr!"

Und damit sprachen die beiden fürs erste auch nicht mehr miteinander.

Mitten in diese miese Laune hinein kamen Vaterbernd und Mamahilde. Als sie die Stimmung bemerkten, waren sie sich darin einig, daß dieser Ferienaufenthalt sicher auch nicht die letzte Erfüllung gebracht hatte. Das befriedigte sie in einer unbestimmten Weise. Es wurde eben überall mit Wasser gekocht, und so ganz einsam standen sie mit ihrer Meinung von Kindern im allgemeinen und ihren eigenen im besonderen gar nicht da. Völlig unbenommene und aus tiefstem Grunde ehrliche Freude zeigte der Hund, der so außer sich vor Freude über die Ankunft von Herrchen und Frauchen war, daß er sich vor Übermut in den eigenen Schwanz beißen wollte. Anschließend rannte er wie irre durch alle Zimmer, bellte, jaulte, legte sich auf den Rücken und strampelte mit seinen kurzen Dackelbeinchen, daß alle Zuschauer in ein gelöstes Gelächter ausbrachen. Dann fielen sich die Eltern und Kinder, Tante, Onkel und Nichten und Neffen in die Arme, und aller Streit war vergessen.

„Laß dich ansehen", sagte Vaterbernd zu Jochen, „siehst richtig aus wie nach Ferien."

„Waren ja auch Ferien." Jochen wurde unvermittelt mißmutig, doch es war nur ein Anflug von Mißmut, den er schnell bewältigte. Ihm war mit einem Schlage klargeworden, daß die Ferien zu Ende waren.

Vom Grundstück der „Harmonie" kamen volkstümliche Klänge. Eine Blaskapelle spielte. Im Garten standen lange Holztische, Bänke und Stühle. Sonnenschirme leuchteten darüber wie bunte Blumen. Am Eingang las man ein riesiges Schild „Herzlich willkommen", und dort gab es Luftballons in allen Formen und Farben für alle, die eintraten.

Auf dem Parkplatz war eine Piste für ein Fahrrad-Hindernisrennen präpariert. Es gab eine Bude, in der man einen Turm von leeren Konservendosen einwerfen konnte. Der Minigolfplatz war offen und kostete heute keinen Eintritt. Weiter hinten im Garten stand der große Grill für die Bratwürste. Bierfässer waren aufgebockt, und jede Menge Limonade wartete darauf, in durstige Kehlen zu fließen. Der Wirt, die Kellner und Kellnerinnen in hübschen Dirndlkleidern waren guter Laune. Es sollte ein schönes Fest werden, das schönste Fest der „Harmonie".

Sie strömten herbei, die Weilimdorfer — Mütter und Väter, Großmütter und Großväter, Onkel und Tanten, der Rektor und der Pfarrer und natürlich das ganze Lehrerkollegium und selbstverständlich allen voran die Kinder, große und kleine und ganz kleine. Bald klapperten die Teller mit Kuchen und Brezeln, die Gläser mit Bier, Wein und Limonade. Die Sänger des Vereins postierten sich auf einem kleinen Podest und stimmten ihr erstes Lied an. Ungeduldig ließen es die Kinder über sich ergehen — sie wollten unbedingt zu ihren Spielen. Wenn es was zu gewinnen gab — und sei es nur ein Kautzki —, dann setzten sie mit Feuereifer alles ein.

„Mensch, die sollen schon Schluß machen ..."

„Ich platze gleich vor Spannung..."
„Pst doch, ihr stört..." Das waren natürlich die Mädchen, die gern hörten, wenn vom fröhlichen Tanze im grünen Kranze gesungen wurde.
„Also ich geh' jetzt..."
„Wir gehen auf die Piste..."
„Ihr bleibt hier, bis sie fertig sind!"
Aber der Wirt hatte ein Einsehen und rief durch den Lautsprecher gleich nach dem ersten Lied die Teilnehmer am Fahrrad-Hindernisrennen zum Start. Sie mußten um Flaschen herumfahren, ohne sie umzuwerfen, zwischen dicht beieinanderstehenden Kisten hindurch und über eine Barrikade aus Ästen. Wegen des großen Andrangs — der das Ganze aber erst richtig schön machte —, gab es das unvermeidliche Durcheinander, die unvermeidlichen Wortgeplänkel und Knuffereien. Diplomatisch wurde ein Teil der Teilnehmer zum Tauziehen, ein anderer zum Wurfspiel überredet.

Überall gab es etwas zum Lachen. Da zog man und warf um die Wette — Mädchen gegen Jungen, Mütter gegen Söhne, Väter gegen Töchter, da zog der Pfarrer gegen den Rektor, der Wirt gegen den Apotheker. Die Zuschauer unterstützten die Parteien mit Hauruck und Zeigtwasihrkönnt, Laßtmichmalran. Preise gab es auch. Alle bekamen kleine Seppel-, Jäger- und Clownhütchen. Dann waren da Katapultflieger, Vereinswimpel, Blasrohre und bunte Vollgummibällchen zu gewinnen. Der erste Preis wurde für das Fahrrad-Hindernisrennen vergeben und ging an Dirk. Es war eine Plakette mit einem Fahrrad und hinten Platz für Namen und Datum. Dirk war nicht wenig stolz, sprang auf eine Kiste, schwenkte die Plakette und rief:

„Ich zeig' euch ein paar Kunststücke!"
„Angeber", murmelten einige weniger Glückliche.
„Laßt ihn mal, der kann was. Werdet's schon sehen!" sagten seine Anhänger.

„Wußt' ich gar nicht, daß der das kann", staunte Olli.
„Hab' ich schon oft gesehen." Das war tatsächlich Achimderstille, der in dem großen Gewühle den Augenblick für gekommen hielt, wieder einmal Kontakt mit seinen alten Freunden aufzunehmen. Sie sahen ihn an, sagten aber nichts. Sie kamen wohl auch gar nicht dazu, denn das, was sie sahen, war wirklich große Klasse. Dirk fuhr auf dem Hinterrad, fuhr mit den Füßen auf der Lenkstange freihändig, balancierte mit dem Rad über einen Balken und brachte es fertig, rückwärts auf dem Sattel sitzend geradeaus zu fahren.

Die Zuschauer klatschten kräftig Beifall. Dirk wurde auf die Schultern gehoben und war der Sieger des Tages.

Mamalizzi und Mamahilde saßen mit den Nachbarn, mit ihren Männern und mit dem Pfarrer an einem Tisch. Als Harald schnell einen Schluck Limo trank, zupfte ihn der Pfarrer am Ärmel:

„He, Harald, hascht dei Rausch scho' ausg'schlafe?"

„Mein' was?" Harald konnte es gar nicht glauben, daß der Pfarrer wirklich davon anfangen würde. Aber der wiederholte munter:

„Na, dein Rausch vom vorige Sonndag!"

Harald wurde verlegen. So was, daß er davon gerade jetzt anfangen mußte, wo alle zuhörten. Und der Pfarrer lachte:

„Hoff' daß'd's inzwische beichtet hast!"

Jetzt war es Harald zuviel, und es fuhr ihm heraus:

„Da ist doch nix zu beichten — Sie wissen's ja längst!"

Jetzt lachte der Pfarrer noch mehr:

„Bist ein Schlaukopf, Kerle." Und zu den anderen: „Des is nämlich so gwese..." und er plauderte munter aus dem Nähkästchen, wie die Buben vom Ministrantendienst mal den Wein in der Sakristei probiert hatten und der Pfarrer gerade drüber kam. Harald fand das ziemlich unfair und wollte sich verdrücken. Dabei prallte er gegen einen jungen Mann, der ein grünes Hemd und eine grüne Hose trug. Der stutzte:

„He, he, nicht so eilig, junger Freund... Ach, wen haben wir denn da? Das ist aber eine Überraschung, dann können wir ja gleich mal reinen Tisch machen. Wo ist denn dein Vater?"

Harald war entgeistert. Der würde doch nicht heute an diesem Tag... So was gab es doch gar nicht, so viel Gemeinheit. Aber der junge Mann war offensichtlich sehr entschlossen, ihm den Spaß zu verderben:

„Sag, wo dein Vater ist, dann bringen wir die Sache wie Männer hinter uns und ersparen uns allen den Schreibkram..."

Harald hätte am liebsten geleugnet, daß er überhaupt einen Vater hatte. Hilfesuchend blickte er sich um. Mitten in dem Getümmel fühlte er sich wie auf einer Insel hilflos seinem Feind ausgeliefert in Erwartung des Strafgerichtes „Einerfüralle". Er wollte sich schon losreißen und untertauchen, da stand der zweite Forstgehilfe da, und es gab kein Entkommen. Er hätte vor Empörung über so viel Ungerechtigkeit schreien können — ausgerechnet hier, und der Pfarrer war auch noch dabei. Aber seine Freunde, von denen war keiner da, sein Schicksal zu teilen. Im Unmut über sein schweres Los entging es ihm ganz, daß der Grüne gar nicht so streng guckte und seinem Kollegen zuzwinkerte.

„Da der Pfarrer auch da ist, können wir ja gleich mal Gericht halten und ein Urteil fällen", sagte er und schob Harald mitleidlos an den Tisch, wo natürlich längst schon alle aufmerksam geworden waren. Harald schaute verbissen vor sich hin und fand, daß er das nicht verdient hätte.

„Ja, des isch aber prima", rief der Pfarrer fröhlich, nahm die Zigarre aus dem Mund und begrüßte die Ankommenden. Es wurde ein bißchen gerückt, so daß die drei Platz fanden, und dann begann das Schwätzen, bei dem Harald nach und nach hoffte, immer mehr in Vergessenheit zu geraten. Sie redeten über das Wetter, über das Bier, die letzte Predigt, den Wein und den Wald. Aber das war bei den Schwaben immer so — bevor sie zur Sache kamen, mußten sie sich erst ein bißchen warmschwätzen. Aber zur Sache kamen sie immer.

„Da hab' ich doch neulich im Forststück XXX ein paar Jungen überrascht, die waren fleißig dabei, den Wald auseinanderzunehmen", sagte da der Grüne, und Harald zuckte zusammen. Jetzt war's soweit.

„Net möglich, i hen denkt, d isch jetzt a Ruh'."
„Des wird's wohl nie gäbe."
„Und was haben Sie mit denen gemacht?"
„Noch gar nix. Aber ich wüßt scho was."
„Den Hindere müßt ma dene versohle."
„Oder die Eltern zur Rechenschaft ziehen."
„Das ist doch Waldfrevel."
„Darauf steht allerhand."

Harald wäre am liebsten unter den Tisch gerutscht und davongekrochen. Er stieß lautlos Flüche über seine Freunde aus. Und dann kamen auch noch die Mädchen, die er am wenigsten brauchen konnte. Die wußten aber nichts von seinem Zustand und quetschten sich auch noch auf die Bänke, um Limo zu trinken und Brezeln zu knabbern.

„Der Wald soll eine Erholungsstätte sein."
„Wenn da jeder reingeht und abreißt und abholzt, dann ist es bald vorbei mit der Erholung."

Steffi kaute ihre Brezel und sagte unerwartet:
„Aber die Erwachsenen werfen doch den ganzen Müll rein..."

„Klar", fiel Dagmar ein, „und die Schrottautos und die Kühlschränke und so — hab' ich selbst gesehen."

„Des isch wahr", nickte der Pfarrer nachdenklich.

„Hast recht", sagte der Grüne. „Das ist aber kein Grund, noch mehr Schaden anzurichten."

Und sein Kollege bestätigte:

„Besser muß's werden, nicht schlechter."

„Da muß eben aufgeräumt werden", sagte Steffi.

„Sehr gut", nickte der Pfarrer, „da muß aufgeräumt werden. Da nützt das ganze Schimpfen und Bestrafen nichts."

„Ich habe eine Idee", meldete sich Steffi, „wer dabei getroffen wird, daß er was kaputtmacht oder Müll wegwirft im Wald, muß den Wald aufräumen."

Harald sah seine Schwester mit unverhohlenem Staunen an. Also, wenn er mit Aufräumen davonkäme, wollte er zufrieden sein. Die anderen natürlich auch. Er warf einen Blick auf den Grünen, der zündete sich eine Pfeife an.

„Das ist eine ausgezeichnete Idee", paffte er mit zufriedenem Nicken. „Bei der nächsten Aktion ,sauberer Wald' werden wir die Übeltäter einsetzen. Die sollen ins Schwitzen kommen." Dann wandte er sich an Harald, klopfte ihm auf die Schulter und sagte:

„Warum sitzt du eigentlich hier noch rum. Du siehst doch nicht wie ein Spielmuffel aus...."

Und auch Mamalizzi, der es sowieso zu eng auf der Bank war, fand:

„Also wirklich, Harald, verschwinde doch zu deinen Freunden und amüsier dich."

Zu Mamahilde meinte sie:

„Kinder sind doch komisch — jetzt kann er sich austoben, jetzt sitzt er auf der Bank rum..."

Der Grüne hielt Harald noch mal am Arm fest und knautschte zwischen Zähnen und Pfeife hervor:

„Bring die Nachricht deinen Kumpels, klar? Und Ehrenwort, ihr seid alle dabei!"

„Ehrenwort." Harald war schon weg. Er juchzte laut und stürzte sich ins Vergnügen wie in einen See von Limonade. Da gab es gerade ein Wettklettern an drei Stangen. Darin war er schon immer gut gewesen — also ran, die Füße fest an den Stamm gepreßt und in rhythmischem Wechsel Arme und Beine klammern und lösen und sich nach oben stoßen. Wenn die anderen noch in irdischen Niederungen zappelten, war er schon in himmlischen Höhen und sauste den Mast wieder herunter. Diesmal fiel sein Sieg besonders strahlend aus, denn er war glücklich.

Auf dem Minigolfplatz ließen alle Jungen und Mädchen ihren Luftballon zur gleichen Zeit steigen. Sie hatten einen Zettel mit ihrem Namen daran gebunden und schickten so ihre ganz besonderen Grüße ins Unbekannte. Ein großes Ah ging durch die Reihen, als die bunte Wolke sich hob, langsam auflöste und den Blicken entschwand. Der Chor sang „Muß i denn, muß i denn...", und die Stimmung war wundervoll.

Schließlich dämmerte der Abend, und der Wirt ließ die Lampions anzünden. Man rückte noch gemütlicher zusammen, hob sein Viertele zum Mund und schnupperte den Duft der ersten Bratwürste, die am Grill brutzelten. Der Chor sang „Am Brunnen vor dem Tore..." und „Jenseits des Tales..." Dazwischen zwitscherte ein Star hoch oben auf dem Lichtmast. Man sah zu ihm hinauf und fühlte sich mit den schönen Seiten der Natur und den festlichen Anlässen des Lebens eins. Irgendwo lachten die Mädchen. Die Jungen neckten Nurmi, dem der Zwiebelkuchen schwer im Magen lag. Mamahilde hatte sowieso gefunden, er wäre viel zu dick geworden. Da sagte der Wirt:

„Alle Mädle, die singe könne, kommet ufd Bühn und singet."

„Los, los", drängelte Mamalizzi die Mädchen von der Bank. Aber die gingen nicht allein, die nahmen ihre Mamalizzi und Mamahilde mit, und bei dem Andrang auf dem kleinen Podium wurde es dann ziemlich eng. Die Mädchen wollten unbedingt „Auf der Schwäbschen Eisenbahne..." singen oder noch lieber das Lied von Bolle, der sich trotzdem köstlich amüsiert. Aber die Mamalizzis und Mamahildes waren mehr für ein schönes, trauriges „Der Mond ist aufgegangen" oder „Sah ein Knab' ein Röslein stehn". Schließlich einigte man sich auf „Abendstille überall" und brachte einen gelungenen Kanon zustande.

Es war nun ganz dunkel geworden. Sterne flimmerten durch den Dunst des Himmels. Von den Wiesen kam feuchte Kühle herüber. Der Wirt war verschwunden und machte sich hinten am Schuppen zu schaffen. Dann ging ein Böllern und Knallen los, daß man meinte, es sei Neujahrsnacht.

„Hurra, hurra, ein Feuerwerk!" Die Jungen und Mädchen waren begeistert und vor Freude ganz außer sich. Sie reckten den Hals und wären am liebsten mit hinauf in den Himmel geflogen. Da sprühte es von Heulern, Rädern und Sternregen in Blau, Gold, Rot und Grün. Eine farbige Pracht in wechselnden Formen, ein entstehendes und vergehendes Flirren der knatternden und berstenden Geschosse, wie sie sich öffneten und Sträuße von Blumen ausspien oder gleißenden Regen feierlich herabrieseln ließen, wie sie kometengleiche Bahnen zeichneten oder einen wirbelnden Feuerball.

„Das ist wie selbst im Himmel fliegen", sagte Steffi strahlend.

„Mir wird ganz schwindlig, huhuh", rief Dagmar und fing an, sich zu drehen, bis sie in die Wiese fiel und zum Himmel starrte:

„Schööön ist das, einfach schön!"

Ewig könnte man sitzen und schauen, wenn es nur ewig dauern würde. Die Jungen hatten weniger gefühlvolle Reaktionen — sie vollführten zu dem Bersten und Puffen und Ballern einen entsetzlichen Lärm, um ihrer Freude Luft zu machen.

Gar keinen Spaß an dem schrecklichen Getöse hatte Nurmi, der so tief unter den Tisch gekrochen war, wie es nur möglich schien, und dort vor sich hin jaulte, bis ins Mark verängstigt und allein gelassen. Dann — der arme Hund wagte es noch kaum zu hoffen — war der Spuk mit einem Schlag vorbei. Ein letztes Zeichen, Puff-Puff und Surren, und der Himmel hatte seine Ruhe wieder. Es zog noch ein feiner heller Dunst darüber, dann kamen die Sterne wieder zum Vorschein, die beständigen, leisen.

Das Fest war vorüber.

Abschied

Am Sonntagmorgen wurde es etwas später als sonst. Das Bad erwies sich wieder einmal als zu klein, und Harald fand zum drittenmal die Klotür verschlossen, worauf er wieder ins Bett ging. Jochen war überhaupt nicht wachzubekommen. Er wollte es nicht wahrhaben, daß der Abreisetag gekommen war. Nurmi fühlte sich vom Reisefieber befallen, denn die Unruhe und all die Taschen und Koffer hatten gewisse Parallelen zu Reiseaufbrüchen in ihm entstehen lassen. Da hieß es immer fürchterlich aufpassen, daß sie einen nicht vergaßen. Er rannte durch die Zimmer, irgend etwas mit sich schleppend, Schuhe, Socken und Vaterbernds Unterhose, worauf der vorgab, nun endgültig im Bett bleiben zu müssen. Mamahilde suchte alle Sachen zusammen, die nach ihrem Haushalt aussahen. Im Korridor sah es furchtbar aus. Er quoll über von Stiefeln, Turnschuhen, Sandalen, Jeans, Pullis, Röcken, Socken, Jacken, Hemden und Unterwäsche. Wenn zwei Teile zusammengehörten, dann fehlte immer das Gegenstück.

„Es ist zum Auswachsen", sagte Mamahilde, „wie beim Wäscheaufhängen: wenn ich zwölf Paar Socken drin habe, finde ich immer erst zwölf, die nicht zueinander passen."

„Das geht mir genauso." Mamalizzi zählte, ob sie nun endgültig genügend Tassen auf dem Frühstückstisch habe. „Hänge ich die Wäsche raus und es regnet, ärgert es mich; lasse ich sie drinnen und es regnet nicht, ärgere ich mich auch. Also hänge ich die Wäsche raus — oder ich lasse sie drin."

„Mama, meine Haarspangen sind weg..." kam Dagmar.

„Ja, bist du denn immer noch nicht angezogen..."

„Der Jochen liegt sogar noch im Bett..."

„Also dem werd' ich gleich... Sag Papa, er soll ihn aus dem Bett holen."

„Papa liegt auch noch. Er sagt, er hat keine Unterhose..."

„Schaff diesen verrückten Hund raus, der bringt alles durcheinander..."

„Ich bin nicht angezogen... ich kann nicht runter..."

„Alles muß man selber machen!"

Mamalizzi rief aus der Küche: „Die Eier werden kalt..."

„Acht Leute können gar nicht an diesem Tisch sitzen", sagte Harald, der die Fische fütterte und ein Toastbrot knabberte, was Mamalizzi gar nicht leiden konnte.

„Ich geh' mit Nurmi", erbot sich Steffi und verschwand. Nurmi begegnete an der nächsten Ecke einer Hundedame, die einen aufregenden Duft hinter sich hertrug, was ihn veranlaßte, seine Familie zu verlassen. Ehe Steffi sich umsah, war Nurmi weg. Sie konnte es noch gar nicht glauben, dann aber wurde sie von Verzweiflung gepackt und fing an zu rennen, zu rufen, zu pfeifen. Anja beteiligte sich an der Suche, denn auch sie führte gerade ihren Hund aus. Aber alles war vergebens. Steffi traute sich gar nicht nach Hause. Eine Stunde hatte sie schon gesucht, was zu Hause Unruhe hervorgerufen hatte.

„Wir müssen sie suchen..."

Vaterpaul machte sich auf, und seine gute Nase führte ihn zu Anjas Haustür, wo Steffi weinend auf der Schwelle saß.

„Also, komm erst mal mit", sagte Vaterpaul und bat Anja, die Augen offenzuhalten.

Zu Hause sagte Mamahilde:

„Das hat mir gefehlt..."

Sie warf einen Blick an die Decke wie eine Büroangestellte, die der Chef kurz vor Feierabend zum Diktat ruft.

„Das kann dauern", murmelte Vaterbernd, der inzwischen seine Unterhose gefunden hatte.

„Das letztemal hat es drei Tage gedauert", äußerte Jochen zuversichtlich.

Mamalizzi war sicher, daß sie in Kürze außer den Fischen nun auch noch einen Hund halten würde.

„Wir holen unsere Freunde und suchen ihn", schlug Harald vor.

Dagmar stützte den Kopf auf die Arme, die Arme auf den Tisch und gab Trauer vor:

„Der arme Nurmi — er wird verhungern und verkommen..."

Mamalizzi war nicht dafür, das Spiel vom Bauern zu spielen, der den Jockel ausschickt.

„Ladet doch schon einmal ein — vielleicht kommt Nurmi bald von allein zurück..."

Gegen Mittag war alles verstaut. Mamalizzi überschaute im Geiste den Inhalt ihres Kühlschrankes, ob er für ein Mittagessen ausreichen würde.

„Ich könnte euch eine Suppe machen und ein Stück Fleisch..."

„Ja, ich habe furchtbaren Hunger", sagte Jochen hoffnungsvoll.

„Wie kannst du nur essen, wo der arme Nurmi..." Dagmar entrüstete sich etwas auffallend.

Mamahildes Gesicht war ziemlich gerötet:

„Wir können nicht ohne den Hund fahren..."

„Wir können auch nicht warten, bis der Herr Hund von seinem Ausflug zurückkommt!"

„Sag mal", fragte Harald plötzlich seine Schwester, „was war das eigentlich für ein Hund, hinter dem Nurmi her ist, hast du ihn gesehen?"

„Ja, gesehen habe ich ihn schon. Er war nicht groß, aber auch nicht besonders klein. Er war braun oder nein, mehr grau, glaube ich, und einen Schwanz..."

„Na klar", unterbrach Harald sie und lachte sich fast schief, „klar, einen Schwanz hatte er tatsächlich auch oder vielleicht doch nicht?"

Steffi war beleidigt. Aber da alle nun warteten, entschloß sie sich, noch einmal nachzudenken.

„Er war braun, viel größer als Nurmi. Und er hatte eine weiße Brust und eine weiße Schwanzspitze."

„Aha", sagte Harald, „hab' ich mir's doch gedacht. Das könnte die Leika vom Musikverein sein."

Vaterbernd stand entschlossen auf:

„Das ist aber auch das letzte, was ich mache. Wenn er da nicht ist, fahren wir ohne ihn."

„Das sieht dir ähnlich", sagte Mamahilde ärgerlich, „du weißt, wie ich an ihm hänge, aber ich sehe schon, daß du darauf keine Rücksicht nimmst!"

„Ich muß morgen ins Büro und du auch, wenn mich nicht alles täuscht..."

Damit hatte Vaterbernd gewonnen.

Sie brachen auf und bezogen ihre Plätze im Auto. Jochen hockte verdrießlich hinten und starrte aus dem Fenster, ob denn keiner von seinen Kumpels mehr zu sehen wäre. Dagmar lehnte sich breit nach vorn auf die Rückenlehne, was Mamahilde ärgerte, weil sie ihr damit immer in die Haare ging. Sie zündete sich eine Zigarette an, und Vaterbernd fragte:

„Kannst du damit nicht warten..."

„Vielleicht bis zu Hause?"

„Ich fühl' mich schon wie zu Hause", sagte Jochen verdrossen.

„Und alles wegen dem Hund", maulte Dagmar.
„Wegen des Hundes", verbesserte Jochen.

Auf dem Hof hinter dem Lokal „Harmonie" fand sich Nurmi, der mit der Hundedame Leika techtelmechtelte, ungeachtet der Tatsache, daß er zweifellos etwas zu kurz für sie geraten war. Mamahilde war so glücklich, ihren Liebling wiederzusehen, daß sie milde gestimmt wurde, ihre Zigarette wegwarf und zu Vaterbernd sagte: „Komm, wir trinken noch eins."

Auf dem Parkplatz entstand Getümmel. Vaterpauls Auto entstiegen außer seinen Lieben auch Olli und Jürgen, Olaf und Achimderstarke.

„Wir haben uns ja noch gar nicht verabschiedet", riefen sie.

Der Wirt freute sich ehrlich über die Gäste, ließ ein paar Viertele und einige Limos kommen, ein paar Brezeln und Zwiebelkuchen und setzte sich mit an den Tisch.

„Was", sagte er mit erhobenen Augenbrauen, „du fährscht jetzt heim? Des isch aber schad!"

Jochen war ganz gerührt, zeigte es aber nicht, sondern nahm einen kräftigen Schluck Limonade, verschluckte sich und mußte husten.

„Jo", fuhr der Wirt redselig fort, „den Nurmi, den han i scho g'sehe, han mir aber nix denkt, weil der jo immer mit euch daherumsprengt."

Er beugte sich vor und legte die Hand an den Mund:

„Isch aber besser, wenn d' en mit hoim nemmsch, sonscht mußt noch zusähe, wie'd die Nachkommenschaft von dene zwoi onderbrenge duesch: ein Meder lang, Stehohre un Dackelboin..."

Vaterbernd mußte lachen und erinnerte sich an einen Hund, dessen Geschichte er gerade erzählen wollte, als Mamahilde entschlossen meinte:

„Die Geschichte ist viel zu lang... Wir müssen gehn, das heißt, wir müssen endlich fahren..."

Jochen verschwand zuerst im Auto, nachdem er die üblichen Formen der Höflichkeit so knapp wie möglich geübt hatte. Nurmi suchte noch einen Baum auf, Dagmar mußte daraufhin auch noch mal, dann konnte sich das Gefährt in Bewegung setzen und die Köstlinstraße hinunterrollen. Die Freunde liefen noch ein Stück mit, blieben zurück und sahen dem Wagen nach, bis er verschwunden war. Dann kehrten sie noch einmal zurück zum Musikverein, tranken die restliche Limonade, verspeisten Brezeln und Zwiebelkuchen und fühlten sich geborgen in ihrer Gruppe, wo es nicht lange auffiel, daß einer fehlte. Sie waren nicht einsam, und deshalb waren sie stark.

Hier endet die Geschichte des Sommers in Weilimdorf. Bleibt noch nachzutragen, daß Harald und seine Freunde einige Wochen später an einem schönen herbstlichen Sonntag im Wald anzutreffen waren — nicht zum Hüttenbauen, sondern zum Aufräumen. Jochen, der darum herumgekommen war, beneideten sie nicht einmal, denn eigentlich war das ein heiteres Unternehmen, in Gesellschaft und ausgerüstet mit Broten und Trinkflaschen, als Ordnungshüter durch den Wald zu gehen. Wenn sie später durch das Waldstück kamen, das sie aufgeräumt hatten, ertappten sie sich dabei, wie sie hier ein Papier aufhoben, da eine Büchse einsammelten, sogar ein altes Kinderwagengestell mit nach Hause nahmen und sich ehrlich entrüsteten, wenn sie wieder einmal einem Schrottauto in einem Graben begegneten.

Nicht lange danach wurden die Freunde vom Bürgermeister der Stadt empfangen, was in der Ortschronik zu lesen stand, denn in ihrer schönen schwäbischen Stadt gab es den schönen Brauch, einmal im Jahr Bürger auszuzeichnen, die in besonderer Weise der Öffentlichkeit gedient hatten. Daß es danach noch einmal ein herbstliches Lagerfeuer mit Wurstbraten gab, versteht sich von selbst.

Lennart Frick

An einem Tag im Oktober

Martin erwacht aus einem Angsttraum, gerade als die Verfolger sich an ihn heranschleichen. So beginnt dieser Oktobertag. Die Stimmung des Traumes hält an —
Martin fühlt, daß es ein ungewöhnlich widriger Tag werden wird. Und so ist es auch — alles geht schief. Es gibt Krach mit den Eltern und den kleinen Geschwistern, es kommt zu gräßlichen Zusammenstößen mit Lehrern und Mitschülern. Zu all dem Ärger gesellt sich wachsend das Gefühl, daß sich etwas zusammenbraut, unvermeidlich wie die scheinbar unverdienten, unverschuldeten Kümmernisse, nur noch viel schlimmer als das bereits Geschehene. Martin ahnt, ihm droht eine wirklich große Gefahr. Als sie dann tatsächlich kommt, ist Martin ganz verzweifelt und flieht. Er gibt einfach seinem Gefühl nach und reißt aus.

Dieses Erlebnis zu der Zeit, da er die fünfte Klasse in einer noch recht fremden Schule besucht, ist Martins unglücklichstes. Es ist der Tag, an dem seine schon erschütterte Sicherheit zerbricht, doch auch der Tag, an dem er schließlich lernt, seine Angst zu bezwingen.
Das Buch ist eine Hilfe gegen alle Schwierigkeiten, und es weckt zugleich Verständnis und Mitgefühl für die Schwierigkeiten anderer.